"서울"

김라랑은 LA에서
풀 수 없는 스트레스를 날려시길 바라여
젇과 드라마 같은 현실이 되길..

김원중

일보다는 가족과 건강!
- 여러분의 행복을 위하여
그 무엇과도 타협하지 마십소! -

충남고 의
김원중

대한민국 모든 직장인
여러분!! 하고싶은것도 하시면서
살실 수 있기를 기원합니다!!

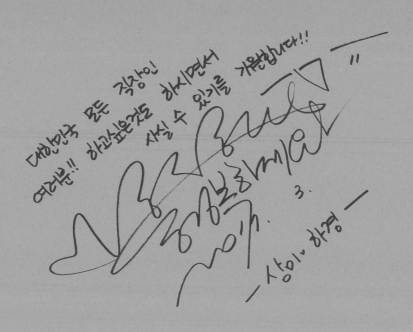

3.

- 상이 화경 -

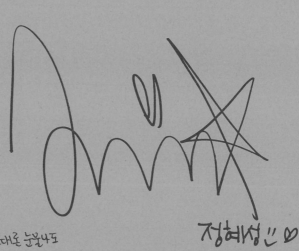

정해성 !! ♡

힘들고 피곤하고 때론 눈물나도
'청량한 김과장' 보면서 '야자 ♡ 하세요'.
가은이가 응원합니다 ♡.

김과장

직장백서

결재	인턴	대리	과장	부장	이사
	가은	하경	김성룡	추남호	서율

김과장 金인
직장백서

KBS 〈김과장〉 제작팀 지음

박재범 극본 | **이재훈 최윤석** 연출 | **양경수** 그림 | **박명희** 사진

아우름

Part 8.
다 먹고살자고 하는 짓인데
작작들 해라

Part 9.
사내연애의 재구성

Part 10.

김과장은 죽지 않는다,
다만 괴롭힐 뿐이다

파느님
부활!
양백!

김과장이 막 나가는 회사와 사회에 끼얹는
사이다 한 박스

———

뼁땅, 해먹기, 뇌물의 파라다이스 대한민국!

이 시국에 누구도 이런 사실을 부인할 수 없다. 썩다못해 고름이 터져나와 말라붙어버린 대한민국.

이제 사람들은 부정부패에 대한 감조차도 무뎌져 있는 상태다. 그 이전에도 작은 부정, 큰 부정 모든 것에 관대한 나라에 우리는 살아왔고, 살고 있다.

이에 〈김과장〉은 매우 근원적인 도덕률을 건드려보고 싶었다.

'남의 돈을 10원이라도 부정하게 먹으면 벌을 받아야 하고, 이것을 당연시하고 합리화하는 것도 벌을 받아야 한다!'는 사실 말이다.

옳은 것조차도 세상에 당연한 것은 없는데, 하물며 나쁜 것에 당연함이 존재할 수 있을까?

"그 위치면, 그 상황이면 그쯤은 해먹어도 돼! 못 해먹는 놈이 바보야!"

이렇게 부정을 당연시하는 썩어빠진 관용(?)이 국가와 인간을 망치고 있음을 '김 과장'이라는 인물을 통해 고발하고 싶었다.

하지만 이런 얘기를 원론적이고 딱딱한 스토리와 캐릭터로 보여주긴 싫었다.

장르로서의 코미디를 통해 직설과 은유를 넘나들며 자유롭게 풍자하고 싶고, 사이 다 한 박스를 선사하고 싶다. 이런 요소들을 통해 드라마로는 유례없는, 현실에 마 구 채찍을 가하는 오피스-사회 코미디를 구현해내는 것이 목표다.

김성룡 *cast* 남궁민

TQ그룹 경리부 과장

천재는 노력하는 자를 못 이기고, 노력하는 자는 즐기는 자를 못 이긴다 했던가. 하지만 여기, '노력하며 즐기는 천재'가 있다!

김성룡! 선천적으로 타고난 근성과 깡, 비상한 두뇌와 돈에 대한 천부적인 감각, 재능을 골고루 지닌 능력자다. 그리고 그런 귀~한 재능을 자금 삥땅에 적극 활용하는 꾼(?)의 기질까지 타고났으니 이를 당할 자가 없다.

자신의 목표 '덴마크 이민의 꿈'을 위해 이리저리 소소하게 자금 삥땅을 치며 살던 어느 날, (돈 많은) 대기업 TQ그룹의 경리과장 채용공고를 보고 꿈에 부푼다.

여기라면 크게 한탕하고 하루빨리 덴마크로 갈 수 있겠다!

설마하며 던진 이력서가 덜컥 뽑히며, 성룡은 찬란한 덴마크 이민의 부푼 꿈을 가득 안은 채 서울로 입성한다. 저멀리서 다가오는 시커먼 먹구름의 정체를 전혀 모른 채.

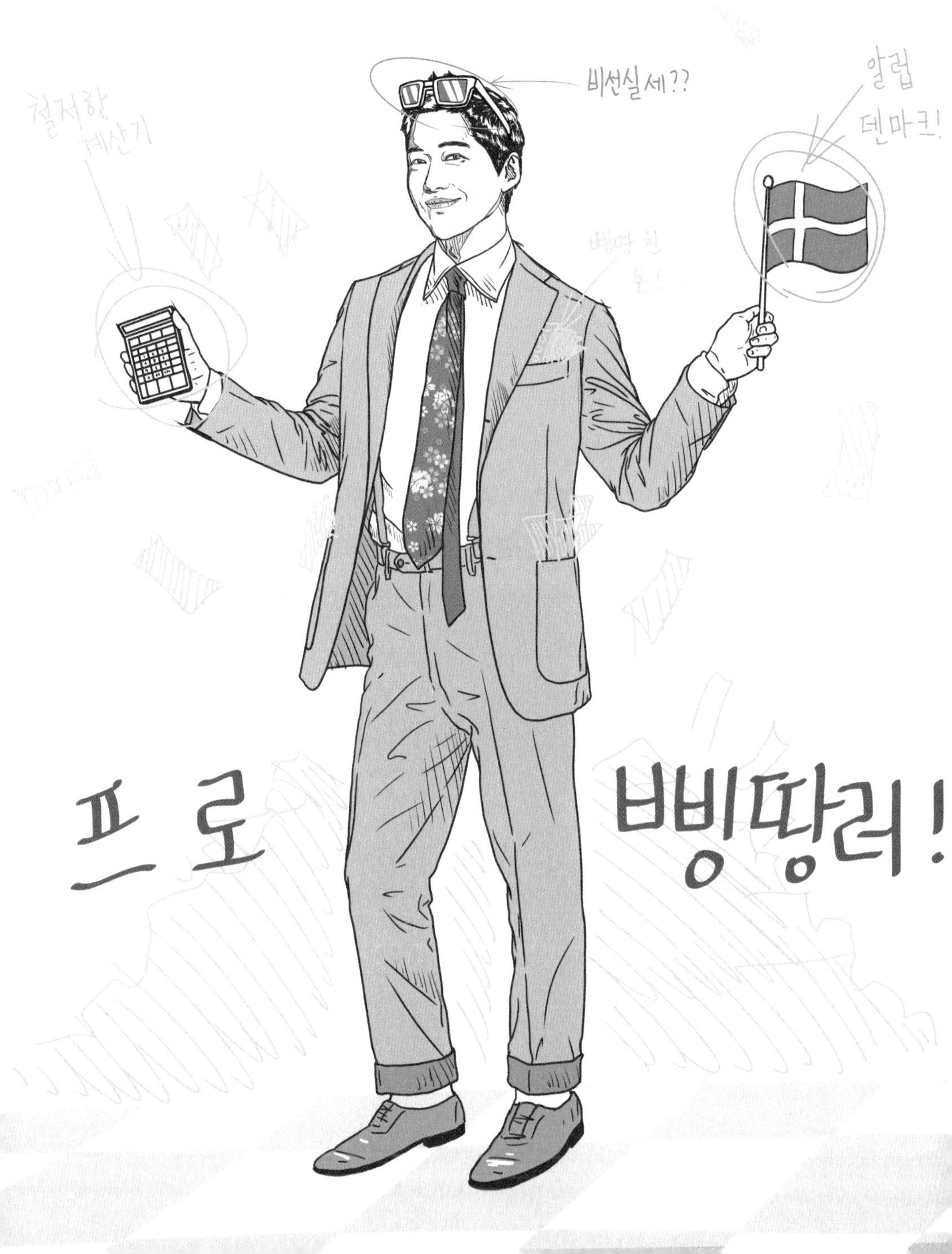
철저한 계산기
비선실세??
알럽 덴마크!
삥땅 친 돈!
프로 삥땅러!

윤하경 *cast* 남상미

TQ그룹 경리부 대리

도회적인 스타일에 단아하고 지적인 미모, 부원들을 아우르는 카리스마와 리더십까지 고루 겸비한 TQ그룹 경리부 대리.

고1 때까지 소프트볼 선수로 활약했고 주장을 맡을 정도로 책임감, 승부욕 또한 강하다. 불의를 보면 못 참고 할말은 똑 부러지게 다 하는 성격이지만 시간이 지나며 회사 내에 만연하는 부정한 행태들에 순응하게 되고, 그것이 곧 현실이란 것을 받아들인다. 부정한 현실에 맞서 싸울 여력도, 상황도 안 된다는 것을 알기 때문이다.

그런 하경 앞에 갑자기 김과장이 나타난다. 예의라곤 찾아볼 수 없고 끝없이 건들거리며 뭐 하나 맞는 구석 하나 없는 괴짜 과장! 그의 등장으로 하경은 대변혁을 맞이하게 되는데…

서율 *cast* 이준호

중앙지검 회계범죄 수사부 검사 → TQ그룹 재무이사

원래는 중앙지검 회계범죄 수사부 검사였으나, TQ그룹 박현도 회장의 스카우트로 TQ
그룹 재무이사에 발탁됐다.

샤프한 외모에 날카로운 눈빛을 지녔으면서도 동안의 귀여운 소년 같은 이미지도 있
다. 그러나 실상은 정반대다.

괴팍한 냉혈한에 독선과 아집으로 똘똘 뭉친 안하무인 싸가지. 게다가 약자에겐 잔인
할 정도로 가혹하며, 강자에겐 꿀리지 않는 카리스마와 깡을 가졌다.(하지만 사랑 앞에선
서툴고 귀여운 모습을 보이기도 한다.)

21세 때 사법시험에 합격했을 정도로 수재이며 회계범죄 쪽 검사를 맡으면서 1년 만에
회계사 시험을 패스하는 기염을 토하기도 한다. 이처럼 모두가 서율을 두려워하는 가
운데 그 앞에 자신과 비등한 또라이 김과장이 등장한다. 그리고 겁도 없이 서율에게 도
전장을 들이댄다!

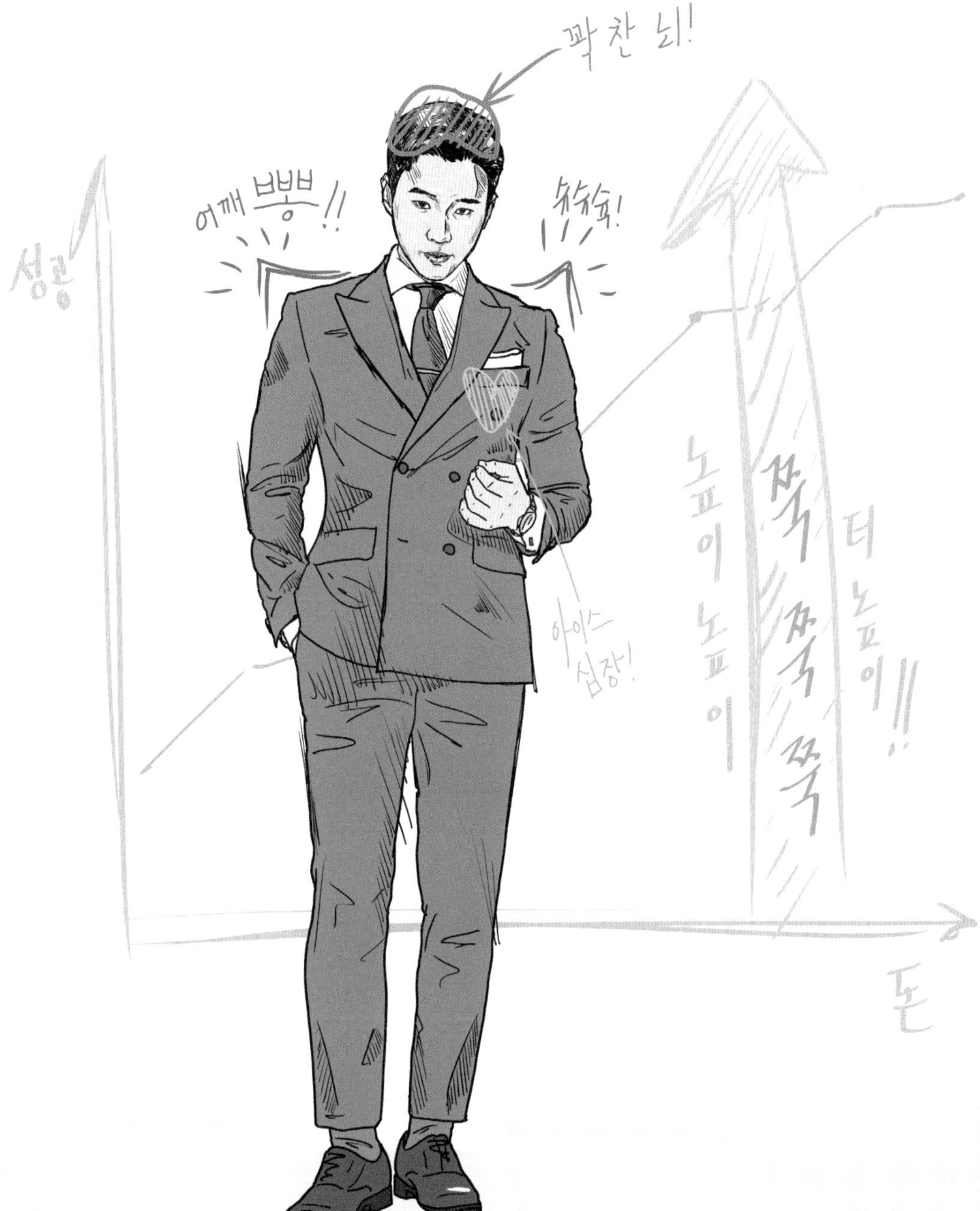

꽉 찬 뇌!
어깨 뽕!!
쇽쇽쇽!
성공
아이스 심장!
높이 높이
쭉 쭉 쭉
더 높이!!
돈

홍가은 *cast* 정혜성

검찰 특수수사부 회계범죄팀 신입 수사관/언더커버

상큼하고 풋풋한 새내기 느낌이 물씬 풍기는 TQ그룹 회계부 인턴!

하지만 실제로는 검찰 특수수사부 소속 수사관이다. 고득점으로 회계사 시험을 합격하고 비장한 각오로 검찰 특수수사부에 지원했지만 TQ그룹의 부정회계를 조사하던 한검사의 명으로 'TQ그룹 회계부 비밀요원'으로 발령났다!

누구보다 치밀하게, 누구보다 완벽하게 적군의 기지에서 모든 정보를 입수해야만 하는 중요한 임무를 맡고 있다!

그런데 얘 뭔가⋯ 어딘가 엉성하다.

그림자처럼 행해야 하는 임무에 연신 실수연발 사고연발!

일에 대한 열의는 가득하나, 하는 일마다 엉성하고 어딘가 불안한 귀여운 언더커버.

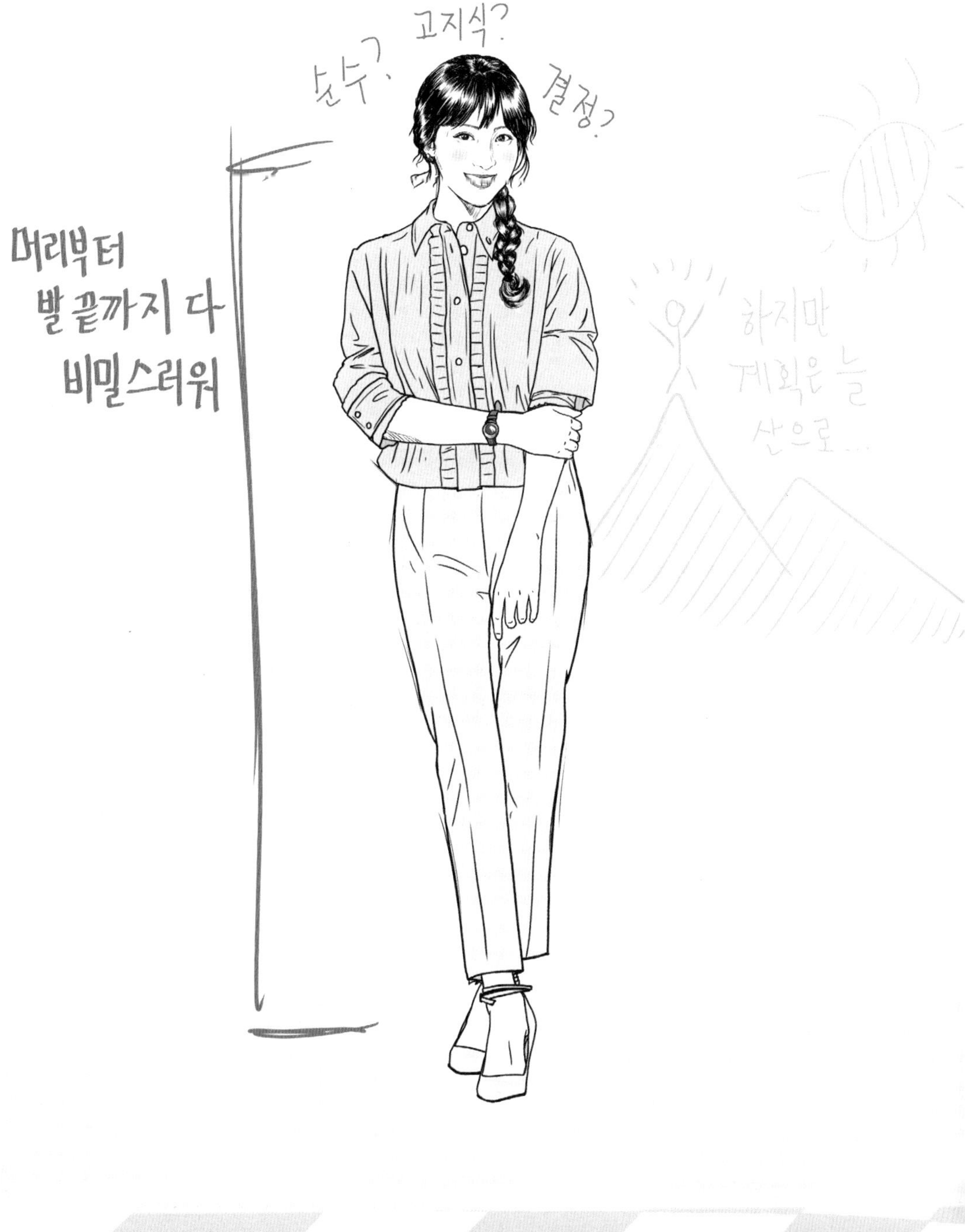
순수? 고지식? 결정?
머리부터
발끝까지 다
비밀스러워
하지만
계획은 늘
산으로…

추남호 *cast* 김원해
TQ그룹 경리부장

명문대 나와서 한때는 나름 잘나가는 사원이자 재
원이었지만, 이제는 자리 사수가 인생의 가장 큰
목표가 되어버린 경리부장이다. 그저 위에서 시키
는 대로 고분고분 일하는 게 회사에도 좋고 나에
게도 좋다고 생각하는 '복지부동' '복세편살(복잡한
세상 편하게 살자)'의 대표적 인물.

이재준 *cast* 김강현
TQ그룹 경리부 주임

말도 많고 불만도 많은 경리부 주임.
명문대 경제학과를 졸업한 재원으로 TQ에 입사
했지만 스펙과는 달리 고과에서 좋은 점수를 얻지
못해 진급이 처졌다.
추부장을 은근 무시하고 후진 스펙의 김과장 또한
대놓고 무시하고 깔본다.
이런 점들이 재준을 밉상으로 만드는 가장 중요한
포인트다.

원기옥 *cast* 조현식
TQ그룹 경리부 사원

사람 좋고 성격 좋지만 인상 때문에 큰 오해를 사는 인물이다. 체격도 크고 인상도 살짝 무섭게 보여 가만있어도 화난 것 같다. 3년차 사원으로, 역시 하경보다 나이가 많지만 늦게 입사한 탓에 아직 평사원이다.

빙희진 *cast* 류혜린
TQ그룹 경리부 사원

명문대 회계학과 출신으로 엘리트 사원이다. 카랑카랑한 목소리에 똑 부러진 일처리, 매사에 야무지다. 왈가닥은 아니지만 그래도 기본적으로 쾌활하고 흥도 있다.

선상태 *cast* 김선호
TQ그룹 경리부 사원

명문대 철학과 출신의 경리부 사원. 입사 1년차다. 허우대 멀쩡하고 매우 순진하며 성실하다. 자기 일 열심히 하고 절대 남에게 민폐 끼치지 않는다. 먹고살기 위해 회계와 재무를 배워 어렵게 입사했지만, 나름 철학과 출신이라 사유와 사색을 중요시하고, 가끔 개똥철학을 늘어놓기도 한다.

박현도 *cast* 박영규

TQ그룹 회장

TQ그룹 회장으로, 겉으론 기업주로서 인간경영, 가족경영을 표방하지만 실은 탐욕스럽고 잔인하고 잔혹한 돈벌레다.
TQ그룹 창업주이자 장인이었던 장두형 회장 사후, 경영권 사수를 위해 서율을 스카우트해, 본격적인 회계조작에 들어가려 한다.
자신의 욕심을 위해서라면 피도 눈물도 없는 간교한 인물

장유선 *cast* 이일화

박현도 회장의 아내 · 박명석 부본부장의 어머니 · 대표이사

박현도 회장의 아내이자 TQ리테일의 대표이사.
결혼 직후에는 남편과 경영일선에 있었으나, 창업주였던 유선 아버지의 사후 박회장은 유선의 건강을 구실 삼아 경영일선에서 물러나게 했다. 유선은 희귀 면역계 질병으로 실제로 몸이 불편한 상태다. 현재는 대표이사라는 타이틀만 있을 뿐 모든 실권을 잃었다.

박명석 *cast* 동하

박현도 회장의 아들 · TQ그룹 운영부본부장

세상 부러울 것 없는 재벌 2세이지만, 허우대만 멀쩡하지 좀 모자란 구석이 있다.

조민영 *cast* 서정연
TQ그룹 상무이사

뛰어난 두뇌를 가진데다 냉정하
고 잔혹하며, 수단과 방법을 가리
지 않는 TQ그룹 상무.
TQ그룹의 실세 중 하나로 박현
도 회장의 최측근이다.
하지만 새로 온 서율과 파워게임
을 벌이고 힘에서 점점 밀리게
된다.

고만근 *cast* 정석용
TQ그룹 재무관리본부장

TQ그룹 재무관리본부장이지만
힘없는 허수아비나 다름없다.
임원이긴 하지만 권력에서 벗어
나 있으며, 군소리 안 하고 윗전
의 명령에 따라 부서를 관리감시
하는 것이 살아남는 길이라 생각
한다.

이강식 *cast* 김민상
TQ그룹 회계부장

빈틈없고 치밀하고 상명하복을
최우선으로 하는 회계부장이다.
그러나 서율이 재무이사로 온 후,
힘의 이동이 이루어졌음을 직감하
고 조상무에서 서이사 라인으로
갈아탄다.

엄금심 *cast* 황영희
TQ그룹 청소부장

TQ 건물의 향기와 청결을 책임
지는 청소부장.
남들은 청소부라 우습게 봐도 금
심은 눈곱만치도 신경쓰지 않는
다. 자신의 직업에 프라이드 넘
친다. 청소하며 집 샀고 자식들도
먹여살린다.
청소 분야 하나만은 누구도 따라
올 자가 없다고 자부한다!

나희용 *cast* 김재화
TQ그룹 윤리경영실장

TQ그룹에서 도덕과 예의, 윤리를
담당하고 있는 윤리경영실장.
학교에 학생주임이 있다면 TQ엔
나희용 실장이 있다.
웃으면 자신을 얕잡아 볼 것이라
고 생각한다.
그래서 더욱 가혹하게 직원들을
잡기도 한다.

오광숙 *cast* 임화영
덕포흥업 경리과 사원

한눈에도 예쁘장하고 섹시해 보
이는 다방 레지 출신의 '덕포흥
업' 경리과 사원.
다방 레지로 일하던 시절, 야무지
게 카운터에서 계산하는 모습을
본 성룡이 광숙을 스카우트했다.
중졸이었던 광숙은 야간 여상까
지 나와 당당히 성룡 아래 경리
부 직원이 됐다.

박인혁 *cast* 이황의

서율 전담비서, 일명 박계장

서율 이사가 중앙지검 검사 시절
부터 함께한 심복. 백발이 멋진
미스터리 부하.

한동훈 *cast* 정문성

검찰 특수수사부 회계범죄팀 검사

권력과 대기업의 횡포에 굴하지
않고 악의 뿌리를 캐내려는 집념
의 검사. 그러나 현실은 결코 만
만치 않다.

장석현 *cast* 정명준

고앤구 대표변호사

대한민국 최고의 로펌 고앤구의
변호사. 특기는 도움이 필요한 이
들에 대한 집중케어와 단전에서
나오는 깊은 목소리.

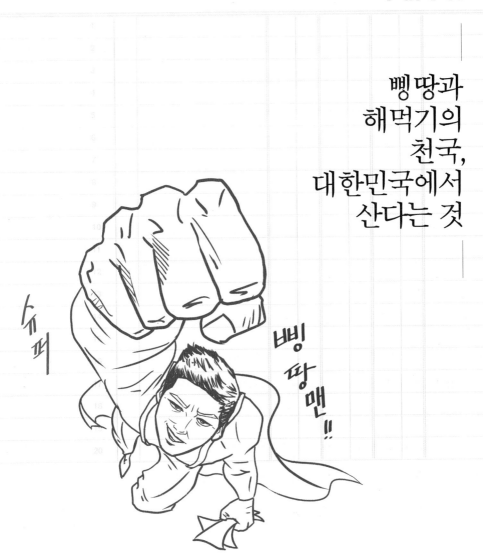

Part 1

뼹땅과
해먹기의
천국,
대한민국에서
산다는 것

대한민국의 변치 않는 트렌드

성룡   부장님! 대한민국에 변치 않는 트렌드가 뭔 줄 알아요?

김치? 비빔밥? 부채춤? 태권도? 아니죠,

바로 삥땅이에요. 삥.땅!

대한민국 어디 한 군데 안 썩은 데가 없고, 안 허술한 데가 없잖아?

그죠? 이 얼마나 좋은 세상이야? 해먹기 천국!!

돈냄새

성룡   비릿하고 눅눅한 냄새가 밀려온다.
세상에서 악취가 가장 심하지만 동시에 가장 향기로운 것!
돈냄새가 내 비강의 점막을 자극한다.
아무도 날 막지 못할 것이다… 아무도 날 알아채지 못할 것이다.

지금 그걸 믿으라고?

추부장   오바들 좀 떨지 마라. 이상하면 경찰이나 검찰에서 재수사하겠지.
기옥   그 사람들을 어떻게 믿어요? 다 한통속일 수도 있죠.
재준   아니 이 사람, 큰일날 사람이네. 나라를 못 믿으면 어떡해?
희진   **믿을 짓을 해야 믿는 거고, 요샌 믿는 사람이 바보 아니에요?**
하경   **맞아. 지금 우리가 누굴 믿을 수 있겠어?**

김과장의 뻥땅 철학

성룡 대기업의 가장 큰 구멍은 기업주 가문과 임원들이야! 기업은 사원들이 일 못해서 망하는 게 아니야! 이 양반들이 개판이라 망하는 거지!

광숙 …

성룡 특히 임원이나 간부들은 주로 자기들 지출로 장난을 쳐.
     요새 법인카드는 빡세져서 잘 안 건드려, 그렇다면 뭐로 장난?

광숙 법카 외 개인카드나 현금지출의 비용처리를 이용한다??

성룡 그렇지, 그게 그나마 있는 작은 틈이거든.

광숙 근데 법카 외 지출 잘못 처리하면 뽀록나지 않을까요?

성룡 바로 그거지! 어설프게 했다간 당장은 아니라도 언젠가 클날 수 있지.
     그래서~ 우리의 금손이 필요한 거야~!

광숙 아~~~~~~~~

의협심은 사라지고
협심증만 남은 시대

———

재준   내가 책에서 봤는데~ 자존감이 낮고 열등의식이 많은 사람이 간혹
         위험한 돌발행동을 한다네. 영웅이 되기 위해서 말이야!
         몸은 다쳐서 아파도, 이목을 끄는 거에 쾌감을 느끼는 거지.

회진   그건 거의 변태 아니에요? 어우 이상해~~~!

기옥   그래! 변태가 아니고선 그러기 쉽지 않지.

상태   아니 세상에 그런 변태가 어딨어요? 진짜 의협심이 뛰어날 수도 있죠.

재준   **이보세요! 의협심은 사라지고 협심증만 남은 시대야.**
         자기 몸 건사하기도 바쁜 세상에 무슨…

괴물들이 너무 많다

———

가은 정말 괴물들이 많은 것 같아요.
원래 괴물이었을까요? 아니면 돈 때문에 괴물이 된 걸까요?

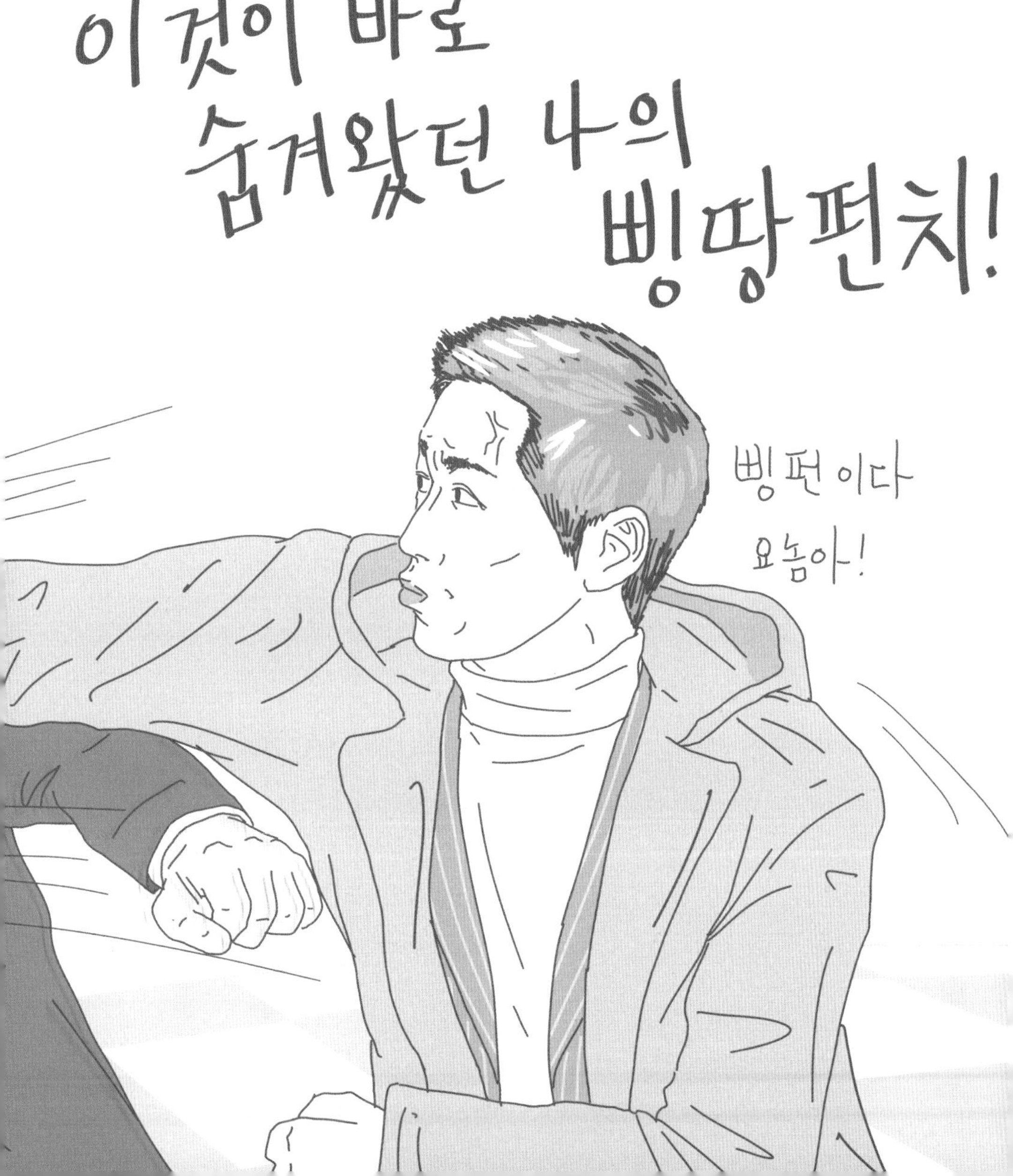
이것이 바로
숨겨왔던 나의
빙땅펀치!
빙펀이다
요놈아!

덴마크에 가고 싶다

————

광숙   지금까지 얼마나 해드셨어요?

성룡   에헤이~! 몰라, 안 갈쳐줘.

광숙   치! 근데 하고많은 나라 중에서 덴마크엔 왜 갈라 그러시는데요?

성룡   **부정부패 지수가 가장 낮은 나라! 가장 청렴한 나라!
눈탱이 안 치고, 안 맞는 나라! 좋잖아?**

세금을 도대체 왜 내야 하는지
납득이 안 가

———

추부장 근데 김과장, 복수까지 끝나면 진짜 뭐하고 싶어? 회사일 말고?

성룡 글쎄요. 덴마크도 지금 잘 모르겠구요.

추부장 마크 마크 덴마크는 포기하지 마. 거긴 나도 땡겨.
        야 근데 거기 세금 대박 아니냐? 번 거 반 이상 내야 될걸?

성룡 세금 대박이라도 돌아오는 게 확실하죠! 아 우리나라처럼 세금을 도
      대체 왜 내야 하는지 납득이 안 가진 않잖아요.

추부장 **하긴… 우린 쎄빠지게 내는데, 애먼 새끼들이 다 해처먹지.**

성룡 앞으로 뭘 할지 잘은 모르겠는데 일단 돈은 많이 벌어야지! 정당하게!

추부장 많이 버는 거 좋지. 근데 난, 우리 딸 시집보내고 나면 돈에 그렇게 집
        착하기 싫어. 돈 많으면 죽기 너무 싫지, 미련만 남고.

성룡 맞아. 아까워서 어떻게 세상을 떠. 갖고 갈 수도 없고.

추부장 그렇지. **수의壽衣에는 주머니가 없잖아.**

일찍 일어나는 개가
따뜻한 똥을 먹는다

광숙	저 정말 여쭤보고 싶은 게 있는데요.
성룡	뭐?
광숙	어떻게 해야 돼요? 뒤탈 없이 잘~ 해먹을라면요??
성룡	음… 좀 없어 보이지만 좋은 질문이야.
광숙	(수첩 꺼내 적을 준비)
성룡	일단 잘~ 해먹기 전에 원칙과 자세부터 올바로 서야 돼.
광숙	(쓰고) 원칙과 자세…
성룡	(열정적으로) 삥땅에도 도가 있어. 삥도! 그게 뭐냐?!
	(더 열정적) '누군가가 해먹은 돈만 해먹는다! 구린 돈만 해먹는다!'
	(톤 확 낮춰) 그래야 가해자도 피해자도 없어! 다 똑같은 족속이니까!!
광숙	아~~ 뭔가 마음 한구석이 울컥해요.
성룡	그리고 자세! 절대 게으르지 말고 성실해야 돼.
광숙	예?
성룡	너처럼 맨날 지각하고, 친구들이랑 하루죙일 SNS나 하고, 놀 궁리만 하고… 그래갖곤 그 누구의 것도 해먹을 수 없어.
광숙	아~~ 올바르게 사는 거랑 기본은 비스무리하네요.
성룡	명심해! 일찍 일어나는 똥개가… 따뜻한 똥을 먹는 거야. OK?
광숙	(수첩에 적으며) 일.찍.일.어.나.는.똥.개…

돌아갈 길을 찾지 못하네

하경   과장님… 정말 걱정돼서 그러는데… 위험하다 싶으면 바로 접어요.

선호   **돌아갈 길을 찾지 못하겠어요. 너무 멀리 와버렸어요.**
정신없이 걷다가 보니 이미 끝이 보이네요.
(웃고) **안 되면 뭐 어때요, 돌아가면 되죠.**
잃을 것도 하나 없고, 아직 내게 남은 청춘이 있잖아요.

하경   오~ 좀 멋진데요? 그럼 이제 뭐부터 시작하실 거예요?

극한직업

김과장(3?) / 프로삥땅러
발에 차이고, 차에 치이고, 오늘은 밀치고...

Part 2

이 남자의
생존법

가식적인 쓰레기로 사느니 나는

———

서율　　노크 좀 합시다, 후배님.

한검사　TQ그룹 이사로 가는 거 정말이에요?

서율　　어, 왜?

한검사　혹시 내 수사 계획, 방법… 그쪽에 힌트 줬어요? 먼저 대비하게요?

서율　　우리 후배님은 자신을 너무 과대평가하네. 후배님 수사방법요,
　　　　수를 읽어야 할 정도로 난이도 안 높아. 상중하 중에 완전 하!

한검사　그건 그렇다 쳐요. 왜 하필 TQ예요? 거기가 어떤 덴지 뻔히 잘 알면…

서율　　그럼 여긴 뭐가 달라?
　　　　거긴 썩어빠진 사기업이고 여긴 정의로운 사법기관이라서?

한검사　적어도 선밴 이기는 방법을 아는 사람이잖아요!

서율　　나만 알면 뭐하냐? 위에서 맨날 져주라 그러는데.
　　　　그래놓고 그게 순리고 질서래요. 꼰대들 말하는 꼬라지들은 참…
　　　　난 말이지 가식적인 쓰레기로 사느니,
　　　　대놓고 쓰레기로 사는 게 좋아.
　　　　비겁한 걸 순리라고 합리화면서 배불리 살긴 싫거든. 짜치잖아.

이 바닥에선 먼저 총 빼는 놈이 이기는 거다

서율   어쩐 일이셔? 날 다 찾아오고.

한검사   후배가 선배 찾아오지도 못해요?

서율   맨날 어린놈에 시끼, 또라이 시끼 욕들 하면서 뭐…

　　　 필요한 거 있음 빨리 빼먹고 가.

한검사   TQ그룹, 압수수색 들어가야겠죠?

서율   그걸 나한테 왜 물어?

한검사   대한민국 최고 회계범죄 검사에게 묻는 겁니다.

서율   비행기 고도가 너무 높다. 좀 저공으로 태워야 진심이 느껴지지.

　　　 TQ그룹? 빨리 접어~~!

한검사   예?

서율   '휘슬블로어whistle-blower'● 놓쳤을 때부터 이건 좆난 게임이야.

　　　 이제는 뭐 식물인간까지 됐다고?

한검사   (오기 돋고) 만약에 선배가 내 입장이라도 접을 거예요?

서율   (픽– 웃고) 가정부터 틀렸어. 나라면 접을 상황 자체를 안 만들지.

　　　 서부영화 많이 봤잖아.

　　　 이 바닥에선 먼저 총 빼는 놈이 이기는 거야.

● 내부고발자

054 ■■■■■■■■

똥 치우는 놈답게

———

서율   내가 말했지?!
눈에 띄거나 나대지 말라고?!
죽은듯이 있으라고?!
마지막 경고야.
앞으로 절대 튀는 행동 하지 마.
제발 똥 치우는 놈답게,
조용~히 구석에 처박혀 대기하고 있으라고.
알았어?

내 말에 토 달지 마라

―――

강식　모시게 돼서 정말 영광입니다.
　　　회계 쪽에서 이사님 명성이야 워낙 자자해서요.

서율　명성은 개뿔… 또라이로 소문났겠지. 회계법인 다 족쳐서.
　　　세 명 다 회계사 출신이야?

강식　예, 저희 다 유성회계법인 선후배 사입니다.

서율　유성 출신이면… 조작하고 시치미떼는 팀웍은 좋겠네.
　　　앞으로 내가 지시하는 건, 단 한마디도 토 달지 마.
　　　내가 틀릴 수도 있다? 아니, 틀릴 거 하나도 없어.

강식　명심하겠습니다.

서율　자 오늘부터 회계부는 아주 새롭고 중요한 임무를 준비해야 돼.
　　　당연히 목숨 내놓고 해야 되는 거야. 알았어?

패배가 늘어나면 제일 엿 같은 거

서율   지나가다 누군가 했네. 뭐 이렇게 티나게 혼술을 하고 있어?

한검사   대차게 압수수색 들어갔다가 아무것도 못 건지고…
         부장님한테 까이고, 시말서 쓰고! 이 상황에서 당연히 마셔야죠, 술.

서율   그러게 말을 듣지.

한검사   근데 후회하진 않아요. 작살나긴 했어두요.

서율   아직 정신 덜 차렸네.

한검사   예. 덜 차렸습니다. 그래서 잠깐만 움츠렸다가 다시 일어나게요.

서율   오기가 넘치면 추해지는데.

한검사   선배는 오기와 건방이 하늘을 찌르는데, 왜 안 추해 보일까요?

서율   승산을 확실히 따지니까.

한검사   우린 변호사가 아니잖아요. 어떻게 승산으로만 움직여요?

서율   **패배가 늘어나면 제일 엿 같은 게 뭔 줄 알아?**
         패배에 익숙해지는 거야.
         익숙해지잖아? 그럼 이기는 방법을 다 까먹어.
         그게 진짜 쪽팔린 거거든.

겁 좀 내면서 살자

———

서율 그럼 이쯤에서 클래시컬하게 마무리 한번 할까?

성룡 ?

서율 꿇어.

성룡 예?

서율 꿇고, "안 개기고 열심히 잘~하겠습니다~" 해봐.

성룡   (어이없고)

서율   (셰이크 빨아먹으며 빤히 바라보고) 좀 더딘 감이 없지 않아 있네.

성룡   (일어나 무릎 팍- 꿇고 꾹 참으며) 안 개기고 열심히 잘~하겠습니다.

서율   **겁 좀 내면서 살자~!**
        겁 없는 놈이 단명하고, 겁 많은 놈이 장수해~!

나는 법을 모르는 인간에게는
더 빨리 추락하는 법을 가르친다

———

서율   니가 어떻게 나왔는지, 누가 널 도왔는지 별 관심 없고,
       내일 당장 사직서 내. 조건 없이 내보내줄 테니까!

성룡   계속 일하고 싶은데요.

서율   넌 이제 아무짝에도 쓸모없어.

성룡   **그냥 저는… 저를 믿어주는 사람들하고 일하는 게 좋아서요.**

서율   **제발 판타지 속에 살지 좀 말고, 쓰레기답게 살아!**

성룡   쓰레기는 또 재활용되는 게 맞이죠.

서율   애초부터 넌 분리수거도 안 되는 놈이었어, 넌 이 시간부로 용도 폐기야!

성룡   제 용도는 제가 정합니다. 절대, 안 나갈 겁니다.

서율   내가 검사생활하면서 제일 말을 안 듣거나, 악질 새끼들에게 어떻게
       했는지 알아?

성룡   시대상을 감안할 때 고문은 아니겠고, 말로 조져버리기?!

서율   **니체란 사람이 이런 말을 했어. 나는 법을 모르는 인간한테
       는 더 빨리 추락하는 법을 가르치라고!
       이 말을 해석하자면 싹수가 안 보이는 인간은, 아예 끝까지 디
       리 밟고 또 밟으란 말이지. 저 바닥 아래 처박혀버리게!**
       니 마음대로 계속 출근해봐.
       그럼 진짜 새드 엔딩의 의미가 뭔지 알게 될 테니까.

데스 매치

서율   오랜만에 신났겠네. 양아치처럼 일해서.

성룡   **정확히 표현하면 양아치처럼이 아니라, 이사님처럼 일한 건데요.**
        군산에서도 이 정도는 안 했어요. 이사님이 더 쎄죠.
        생각보다 긍정적이세요. 일이 이렇게 됐는데 속 좋게 웃는 거 보면요.

서율   뭘 이렇게 돼? 회생안 통과되고 이것저것 까발려져서?
        난 피해 입은 거 없어. 그냥 쪽팔리고 화나는 게 다지.

성룡   그게 끝이에요, 그럼?

서율   혹시 니가 완승한 것 같고 그런 기분 느끼는 거야?

성룡   뭐 유사한 감정이죠.

서율   김성룡씨, 당신이 완승했다고 생각하려면, 날 진짜 짓이겨놔야 돼. 일어
        서지 못할 정도로.
        그리고 너나 경리부, 안전할 것 같아? 옛날보다 더 위험해, 니네.

성룡   위험하지만 우리가 쉽게 자빠지진 않을 겁니다.

서율   그건 니 생각이고. 예전엔 웃고 봐주고 그랬는데, 이젠 아니야.
        오늘부터 데스 매치야! 지는 쪽이 바로 죽는 거라고. 알았어?

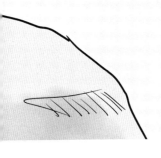

자본주의 괴물

가은　검찰청 내에서도 완전 안하무인에 또라이였대요. 나이는 어린데두요.
　　　근데 실력이 워낙 좋아서 위에서도 별말 안 했대요.

성룡　어딜 가나 그 지랄이었구만, 먹소 이 새낀. 근데 왜 잘나가는 검찰을
　　　나온 거야?

가은　들은 바로는 검찰생활에 회의? 염증? 그런 걸 느꼈나봐요.
　　　아 그리고 사석에서 입버릇처럼 말한 게 있었대요!

성룡　"나가!!! 꺼져!!" 이거 말고?

INS〉〉　서율이 앞을 보고 직접 얘기한다.

서율　**기업인이 법을 알고 컨트롤할 수 있다면, 그 기업의 재력은
　　　엄청난 권력이 돼! 누구도 허물지 못하는 권력!!**

성룡　이건 뭐 기업 전체를 거대한 법꾸라지로 만드는 거네~!

가은　서이사는 왠지… 흔히 말하는 자본주의 괴물이 아닌가 싶습니다.

새우를 닮아봐

서울   김성룡이! 새우를 좀 닮아봐. 새우의 심장은 머리에 있거든.
        가슴과 머리가 같이 뛰니까 얼마나 이성적이겠냐?
        근데 넌 맨날 가슴으로만 일하고 제대로 하는 게 없잖아?
        경리부 일 열심히 하세요.
        너 맨날 나 쫓아다닌다고 업무도 제대로 안 했을 거 아니야.
        니네 부서 사람들 전부 보살인가부다.

성룡   …

서울   내 앞길 막든가 말든가 관심도 없다, 이제.

멈춰 설 수 없는 걸음

하경 혼자 술 드셨어요?

서율 예.

하경 이사님이 마시자 그러면 마셔줄 사람 엄청 많잖아요.

서율 혼술이 편해요 요샌.

하경 그래도 앞으론 누구랑 같이 드세요. 오늘 같은 일 안 생기게.

서율 오늘 같은 일 생기길 바라지 않았어요? 누가 나 까면 좋지 않나?

하경 **이사님… 왜 그렇게 힘들게 사시려고 해요?**

서율 …

하경 **왜 적을 만들고 당하며 사는 걸, 당연하게 생각하냐구요?**

서율 **그게 내 세상이니까요.**

하경 제가 사는 세상하고 이사님 세상하고 얼마나 다른데요?

서율 사는 공간이 같다고 살아가는 방식까지 같은 건 아니죠.

하경 이사님 많이 가지셨잖아요. 조금만 내려놓으셔도 사는 데 전혀 지장
     없잖아요?

서율 그런 기분 모르죠? 딱 한 발짝만 가려고 했는데, 두 발짝, 열 발짝을
     가게 되고… 결국 한없이 앞으로 가게 되는 기분요? 이미 그땐, 서고
     싶어도 설 수가 없어요.
     아마도 난 윤대리가 싫어하는 일을 계속하게 될 거예요.
     그땐 그냥… 설 수 없는 걸음을 계속 가는 거라고 이해해줘요.

하경 그 걸음… 언젠가 빨리 멈추시길 바랄게요.

Part 3

김과장이
알려준
회사생활
십계명

'노력했는데'라고 말하지 말 것

———

"노력은 노력이고 성과는 성과다!"
_TQ그룹 경리부 부훈

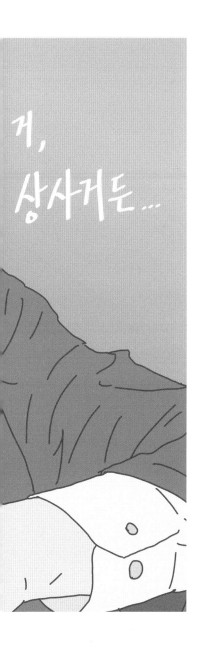

좋은 상사

추부장   사람이 사람에게 숨쉬게 해주는 거,
그게 좋은 상사거든.
가끔은 너무 부지런하고, 가끔은 또 너무
게으르고, 가끔은 또 너무 똑똑하다가, 가
끔은 또 너무 멍청해 보이는 상사가 좋은
상사거든.

지혜롭게, 성실하게, 영리하게, 완벽하게

———

성룡 　왜 울어 인마! 내가 어디 파병 가나?

광숙 　고마워요, 과장님… 차 따르면서 무시당하면서 살던 저…
　　　 오피스우먼 만들어주셔서요.

성룡 　니가 맘 잡고 공부해서 써준 거지.

광숙 　**과장님께 배운 대로 지혜롭게, 성실하게…**

성룡 　그렇지, 그렇지~

광숙 　**영리하게, 완벽하게 해먹을게요.**

성룡 　너 증말! 바람직해, 그런 자세! 좋아!!

좋게 얘기하면 양아치들은 개호구로 본다

성룡   TQ리테일 본사에서는 왜 돈을 못 준다 그래요?

점장1 매출은 증가했지만, 계속 적자라고… 조금만 기다려달라구요.

성룡   돈 많아요 거기! 애먼 데다 뚜드려박느라고 돈이 없다 그러는 거야!

점장2 아니 어떻게 그런 짓을… 왜 뻔히 지불할 수 있으면서…

성룡   더 쎄게 나가시라고! 막 개겨! TQ 윗대가리들 별의별 짓 다 할 거라고!

점장2 **그러다 잘못되면 저희만 손해 아닙니까?**
       그냥 좋게 얘기하는 게…

성룡   **양아치 갑들이 노리는 게 바로 그거예요.**
       지들이 알아서 깨갱하겠지!!
       완전 개-호구로 본다니까!! 채권자들은 여러분들이라고!

점장1 근데 과장님께선 왜 저희 편이 돼주시는 겁니까?

성룡   그거야 피의 복수를 위해서,
       복수!! 드러운 갑을 향한 복수죠!

회사는 전투지만 인생은 과정

성룡   솔직히 나 원망 안 돼요?

하경   두 번을 곱씹어 생각해도 원망 안 되는데요.
       결과 갖고 얘기하지 말자구요.

성룡   인생은 결과지~ 과정 그딴 게 어딨어?

하경   그건 적하고 싸울 때나 그런 거구요.
       우군끼리는 과정이 더 중요한 거예요. 적어도 저한텐요.
       결과가 나쁘더라도 과정이 좋으면 사람은 남더라구요.
       남은 사람이 그대로면, 자연히 다음번 결과는 좋아지구요.

누군가에게 가면을 쓰고 접근할 때

———

한검사   누군가에게 가면을 쓰고 접근할 땐, 매우 냉철해져야 돼.
어떤 상황에서도 절대 감정에 흔들리지 말아야 되고. 알았지?

가은   명심하겠습니다!

가치를 위해 모든 걸 바치는 사람

성룡   아 근데 여쭤볼 게 하나 있습니다.

유선   말해봐요.

성룡   왜 저한테 그렇게 거액을 주신 거예요?
           도에 넘치게?

유선   어떤 사람은 자신의 이익을 위해 모든
           걸 바치지만, 어떤 사람은 자신이 부여
           받은 가치를 위해 모든 걸 바치죠.
           내가 준 건 돈이 아니라 김과장에 대해
           느끼는 가치였어요.

세상에서 제일 발빠른 대처

성룡   몇 개면 얘기해주세요. 리베이트로 사원 부담 가중, 이로 인해서 아무
리 벌어도 적자, 그리고 사원들 등친 걸 노나 먹는 경영진!!

임부장   내가 미쳤습니까? 내 무덤 내가 파게?

성룡   정리하면서 부장님도 조금씩 해먹었을 거니까… 찔리겠죠.
근데도 이 회사 뜨고 싶죠? 자꾸 덩어리는 커지고, 노나 먹자는 인간
은 늘어나고, 언제 걸려서 덤탱이 쓸지도 모르고…
3400명 사원의 생계가 걸린 문제니 뭐니, 이런 얘기 안 할게요. 씨도
안 먹힐 테니까!! 대신… 멋지게 뒤통수치고, 깔끔하게 챙겨서 뜨는
법 가르쳐드릴게. 진짜로!

임부장   (혹하고)

성룡   나 그거 전문가예요. 도와주기만 하면 노하우 대방출한다니까!!

임부장   그런 방법이 정말 있습니까?

성룡   있죠!! 일단 3자 명의로 양도성 예금증서를 만들어봐요. 그리고…
더이상 자세한 설명은 생략할게요.

임부장   (실망)

성룡   나 도와주면 다 가르쳐줄 거예요.

임부장   (갈등하고)

성룡   **부장님~ 세상에서 제일 발빠른 대처는요, 발빠른 도망이에요!**

우리의 목표는 버티기

———

안으로 들어오는 성룡. 취기 올라 있다.

추부장   젖어서 들어올 줄 알았다.
성룡   아이고 우리 형님~ 안 주무시고 뭐해, 뭐?
추부장   문제아 기다리고 있었다.
성룡   아유 뭐 저 같은 걸… 천하의 민폐맨 김성룡이를…
추부장   쓸데없는 소리 하지 말고 빨리 주방으로 (하다) 손은 또 왜?
성룡   로케트 주먹 하다가… 슈욱!
추부장   로케트 주먹 수리부터 하고 먹자!

푸짐하게 담겨 있는 북엇국.
성룡의 주먹은 응급처치가 돼 있다.

추부장   이거 먹고 소화시키고 자. 그래야 낼 아침에 덜 부대껴.
성룡   아이고 이런 산해진미를! 잘 먹겠습니다. (먹고)
          이야~~ 어머니의 맛이다. 추엄마!!
추부장   내일도 이러고 댕길 거야?
성룡   그거야 나도 모르죠.
추부장   **자책은 그쯤이면 충분해. 더 그러고 댕기면 그게 더 민폐야.**
          뭐라 그러는 사람 아무도 없는데 왜 혼자 그러냐?

성룡	뭐라 그러는 사람 없어도,
	내가 나한테 용납이 안 돼서 그래요!!
추부장	왜? 자꾸 우리까지 엉망으로 만드는 것 같아서?
성룡	예!! 예전엔 흥해도 나만 흥했고, 망해도 나만 망했다구요.
추부장	근데 이젠 다 망하게 해서 괴롭다고?
성룡	거기다 대책 없이 달려들었다가, 바보같이 통수나 맞고,
	경리부 갈기갈기 찢어났잖아요! 아 쪽팔려 씨…
추부장	그럼 우리가 널 막 까대고 욕하고 그랬으면 좋겠냐?
성룡	차라리요!! 차라리!!
추부장	그럼 너나 우리나 다 잃는 거야.
	사람을 잃으면 다 잃는 거니까!
성룡	(답답하고)
추부장	우리… 부서는 잃어도 사람은 잃지 말자! 그리고 성룡아…
성룡	…
추부장	이왕 버텨온 거 조금만 더 버텨보자고! 그리고 때를 보자고!
	우리 목표는 1번 버티기, 2번 더 버티기, 3번 죽어도 버티기
	야. 알았지?

힘들어하는 게 사람이고 정상인 거야

성룡   그래서 쪽팔려?

명석   아니 쪽팔리고 그런 문제가 아니라요.

         그냥 화나고 속상하고 그냥 그래요… 네.

성룡   음… 그럼 다른 부서로 옮겨달라고 그럴까?

명석   아니아니 경리부 좋아요. 다 좋은데… 모르겠어요.

성룡   니 아버지 때문에 힘들어하는 사람들, 피해 보는 사람들… 그 옆에서
         지켜보기가 굉장히 힘들지.

명석   아니, 물론 힘들죠… 살짝.

성룡   **근데 그게 당연한 거야…**
         그렇게 힘들어하는 게 사람인 거고 정상인 거야.
         너 지금, 잘하고 있는 거야.

명석   뭘 또 진짜…

성룡   명석아. 니가 굳이 뭘 하려고 할 필요가 없어. 너는 그렇게 힘들어하
         는 사람들 옆에서 같이 한숨 쉬어주는 것만으로도 충분히 니 역할 하
         고 있는 거야.

Part 4

그러나,
사측은
이렇게
말했다

Familism

박회장   애사심이 뛰어난 직원이구만.
　　　　그러니까 회살 위해 그런 희생을 하지.
　　　　그쪽에 치료비랑 위로비 지급해.
조상무   알겠습니다.
박회장   다 우리 가족이잖아? (미소)

회사가 좋아하는 인간

————

박회장	어떤 사람이 적임잘 것 같아?
조상무	…
서율	**무조건 복종하고 깡 있는 인간!** **자존심 같은 건 애초부터 없는 인간!** 그리고… 쓰고 버려도 전혀 뒤탈이 없을 만한 인간!

글러브 길들이기

———

서율 이게 새로 산 건데… 길이 하나도 안 들었어. 지금이야 뻑뻑하지만
제대로 길들이면 잘 오므려질 거야. 그치?
근데 넌 길을 들인다고 들여도, 왜 잘 오므려지지 않을까? 왜?

성룡 전 글러브가 아니니까요.

서율 그래서 니가 글러먹은 거야. 니 자신을 글러브로 인정 안 하니까!

성룡 그럼 절… 글러브로 생각하시는 거예요?

서율 **어! 길들임, 조련, 지배 대상으로 생각하지.**

성룡 무슨 서커스단 코끼리도 아니고 말입니다.

서율 코끼리도 맞아! 두 발 들라면 들고, 코로 과자 받아먹으라면 받고!

성룡 **전 이사님 아래서 일을 하길 원합니다.**
글러브니 코끼리니 그런 거 말구요.

서율 설마… 개조가 되긴 됐는데… 진짜 의인으로 개조가 됐나?
이걸 무슨 증후군이라고 해야 돼? 학계에 보고된 거 없어?
착각에 빠져 지가 진짜 무언가가 된 줄 아는 거?
정말 마지막으로 묻는다!

성룡 예.

서율 너… 길 잘~ 든 글러브 될 생각 정말 없어?

성룡 저는 글러브 싫구요. 이사님 4번 타자고, 전 9번이면 좋겠습니다.

서율 (픽 - 웃고) 9번?! 알았다, 가라!

성룡 회사에서 내린 처벌이나 처분, 없습니까?

서율 없어, 가! (완전 어이없는 표정) 이제 꿈이 9번 타자구나.

상품성 없는 불행

수진   남편의 자살은 만들어진 겁니다! 제 남편은 공금횡령범, 도박범이
                 아니라 누구보다도 회사에 충실했던 경리과장. (하는데 TV 팍 꺼지고)

박회장   도대체 이 얘길 언제까지 들어야 하는 거야?!!

서율   금방 사그라질 겁니다. 그다지 상품성 없는 불행이거든요.

박회장   **하긴 사람의 불행도 상품성이 있어야 화제가 되는 거지.**

밥값을 못해!

———

고본부 연말정산 마무리를 이따위로 하면 어떡해?

　　　　오류 난 사람이 몇 명인 줄 알아?

추부장 죄송합니다. 어제 일손이 부족하다보니…

고본부 또 인원 핑계!

　　　경리부 니들은 전부 월급 루팡들이야! 밥값을 못해!

하경　　엄밀히 말하면 저희만의 책임은 아니지 않습니까?

고본부 뭐?

추부장 윤대리~!

하경　　프로그램이 신속히 복구되지 않은 건 전산관리팀 책임입니다.

고본부 또 남에 탓! 어떠한 상황에서도 오류를 내지 말아야 하는 게 경리부야!

　　　다들 손하고 머리는 인테리어로 달렸어?

　　　　어디 기계 힘만 빌리려고!

추부장 죄송합니다, 본부장님. 분발하겠습니다.

고본부 윤대리 너! 자꾸 그만 식으로 해라. (나가고)

재준　　어휴, 어제 한 명만 더 있었어도 이 꼴 안 났을 텐데.

기옥　　누가 아니래요. **에휴~ 내 손하고 머린 인테리어였네.**

열심히 말고, 잘하자

———

서율　　그리고 절대 눈에 띄거나 나대지 마. 죽은듯이 가만히 있어!
　　　　알았지?

성룡　　예.

서율　　**열심히 말고, 잘하자.**

언제나 환한 표정 짓기

나실장 반성문 잘 보긴 했는데… 뭔가 진정성이 부족하네요.

하경 진심 어린 반성의 마음을 담아 썼는데요.

나실장 그게 나한테 닿질 않아~! 뭔가 피상적이고 요식적이라고 할까?!

하경 …

나실장 한 번만 더 수정해 올래요?

하경 실장님, 지금 저희 부서 업무가요.

나실장 업무보다 인간, 그리고 윤리가 우선입니다.

하경 (미치겠고 입 꽈악 다물고) …

나실장 (싸다구를 날리고 싶을 정도로 얄밉게) **언제나 환한 표정 짓기~!**

기업은 피를 먹고 자란다

———

박회장   민주주의만 피를 먹고 자라는 거 아니야. 기업도 피를 먹고
자라는 거라고! 그 정도는 감수해야지! 아, 경리과장 그 녀석은 정
리했나?

서율   정리중에 있습니다.

박회장   그런 녀석 정리하는 데 뭘 그렇게 뜸을 들여! **빨리 치워!**

서율   예.

그래봤자 어떻게든 나가게 한다

———

상태　제2대기실, 진짜 어떤 덴데요?

재순　인간의 희로애락과 만감이 하루 동안 3천 번 이상 교차하는 곳…

상태　아니 사람을 어떻게 그런 데다가…

추부장　제2대기실 거기… 이틀을 넘기는 직원이 없어. 아주 지독한 데야.

하경　**바닥까지 모멸감 느끼게 만들고 스스로 관두게 하는 거지.**

희진　그래도 관두지 않으면요?

추부장　그럼 억지로 사유를 만들어내. 근태니 뭐니 막 꼬투리 잡고,
　　　　같은 부서 사람들의 증언을 억지로 받아낸다고. 다 꾸며서!!

재순　만약에 과장님이 버티면 우리도 그거 해야 할지 모르겠네~!

기옥　**결국 어떻게든 나가게 하는 거네요. 어떻게든!!**

Part 5

을의
슬픔

우린 전부 오리들이야

———

추부장   갑자기 왜 그러냐? 안 물어보던 걸 갑자기 물어보고.

하경   이젠 정말 알아야겠어요. 어디서부터 어떻게 회사가 잘못됐는지?!!

추부장   이과장 때문에 그런 거면 그냥 접어둬.

하경   어떻게 그래요? 그럼 부장님은 이미 다 접으셨어요?

추부장   **뭔가 잘못된 걸 안다고 치자. 우리가 뭘 할 수 있겠니?**

하경   할 게 생기겠죠. 일단 알기만 하면요.

추부장   객기로 그러지 말고 냉정히 현실적으로 생각해보라고.

             그리고 회사 저~ 위에서 무슨 일이 벌어지든, 우리랑 딴 세상 얘기야.

             말단 중에 말단인 우리 부서는 그냥 따까리라고.

하경   아무리 따까리라도, 잘못된 게 눈에 보이면 한 번은 외쳐봐야죠!

추부장   하경아… 너 그거 아니?

하경   ??

추부장   **오리가 꽥꽥거리는 소리는, 절대 메아리가 치지 않는댄다,**

             아무리 커도. 우린 전부 오리들이야.

             사료 주면 알 낳아주고, 아무 일 없는 듯이 물 위에 떠다니면 돼.

             그게 우리 인생이야.

여자로서의 삶,
인간으로서의 삶

———

하경   우리 희진씬 참 이목구비가 이뻐.

희진   이쁘긴요, 피부는 완전 2주간 정글에 갔다 온 상탠데요.

하경   야근도 좀 줄고, 덜 피곤해야 피부 관리 될 텐데.

희진   엄마 말 들을 걸 그랬어요.

우리 엄마, 결혼 전에 작은 무역회사 경리직원이셨어요. 그래서 제가 경리부 지원한다니까 엄청 말리시더라구요.

사장 커피나 타고, 잡일, 허드렛일 다 하고, 좋은 소리 못 듣는 그 일을 왜 하냐고? 말단 중에 말단 부서인 데서 무슨 발전이 있냐고?

전 그랬어요. 요샌 옛날하고 완전 다르다. 대우도 다르다.

중요하고 전문적인 분야다. 발전 가능성 무궁무진하다!

근데 지금은요… 그냥 엄마 말 들을 걸 그랬나 후회돼요.

여긴 삶이 없는 것 같아요.

여자로서의 삶도, 인간으로서의 삶도요.

우리가 하지 않으면
우리 같은 사람은 아무도 돕지 않는다

———

하경   도와줘요 과장님! 회사 이대로 두면 안 돼요.

           작은 증거라도 잡아서 경영진 모두 물러나게 해야 돼요!

성룡   그걸 왜 우리가 해야 되냐고 왜?

하경   **우리가 하지 않으면 우리 같은 사람을 도울 존재는 없어요!**

성룡   아 미치겠네, 증말.

하경   **그들을 벌 주는 게 목적이 아니에요.**

           우리 같은 사람들이 덜 피해 보고 살게 하는 게 목적이에요.

잘되면 경영전략 덕, 못되면 직원 탓

중권   맨날 우리 수수료 땜에 적자 난대요. 경영상 잘못은 없구요.

성룡   **대한민국에서 지가 지 입으로 잘못했단 경영자 단 한 새끼**
       도 없어. 잘되면 지 경영전략 덕! 못되면 직원들 탓!

중권   핸드폰, 유류대, 분실파손 보상, 다 저희가 부담해야 돼요.
       하루에 열네 시간을 다녀도 남는 게 없다니까요!

성룡   뭐? 하루에 열네 시간?

남철   대목 때는 열여덟 시간까지 일할 때도 있습니다.

성룡   열여덟 시간이면 몸 여기저기 다 나가는데… 완전 골병이지!

중권   택배를 해보셔야 이게 얼마나 불합리한 노동행위인지 아신다니까요!

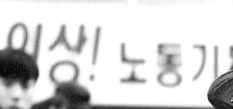

인간을 향한 관심

———

남철   우리 택배사원들 사는 게, 사는 게 아닙니다. 배달하는 기곕니다.
대목 때는 소변볼 시간도 없어서 방광염에 걸린 사원도 있습니다.

성룡   방광염 잘못 걸리면 그거 엄청 고통스럽다고!

남철   **기계도 기름칠해주고 정비도 해줍니다. 하물며 소도 밤엔 일 안 시키고, 아프면 진찰받게 해줍니다. 그런데 우린 사람인데, 아무것도 없습니다. 정말 아무것두요.**

중권   제일 엿 같을 때가… 어린이날이나 크리스마스 때, 엄청 비싼 로봇 장난감 배송하고 막상 집에 들어갈 때요… 인형 하나 편하게 사들고 들어갈 돈이, 주머니에 없더라구요. (울먹) 딸은 아빠 선물 기다리는데…

남철   **높으신 양반들, 있는 양반들 다 너무해요.**
우리 택배원들도 사원인데, 왜 그렇게 관심이 없는 걸까요?

성룡   **택배사원들에게 관심이 없는 게 아니라, 인간에게 관심이 없는 거죠.**

노조위원장

성룡　(노조위원장복 뽐내며) 진짜 어울리지 않아요, 나?

하경　낚시하러 온 사람 같은데.

성룡　낚시는… 이 김에 그룹 본사 안에 노조 하나 만들까요? 내가 총대 메고?

하경　**그룹 본사 안에 노조 만들려다가 골로 가신 분이 열 분이 넘어요.**

　　　노조의 노 자만 꺼내도 나가식이 알아내서 리스트 올리구요.

성룡　엥? 리스트?

하경　뭐 그런 게 있대요. 그룹 내 요주의 사원.

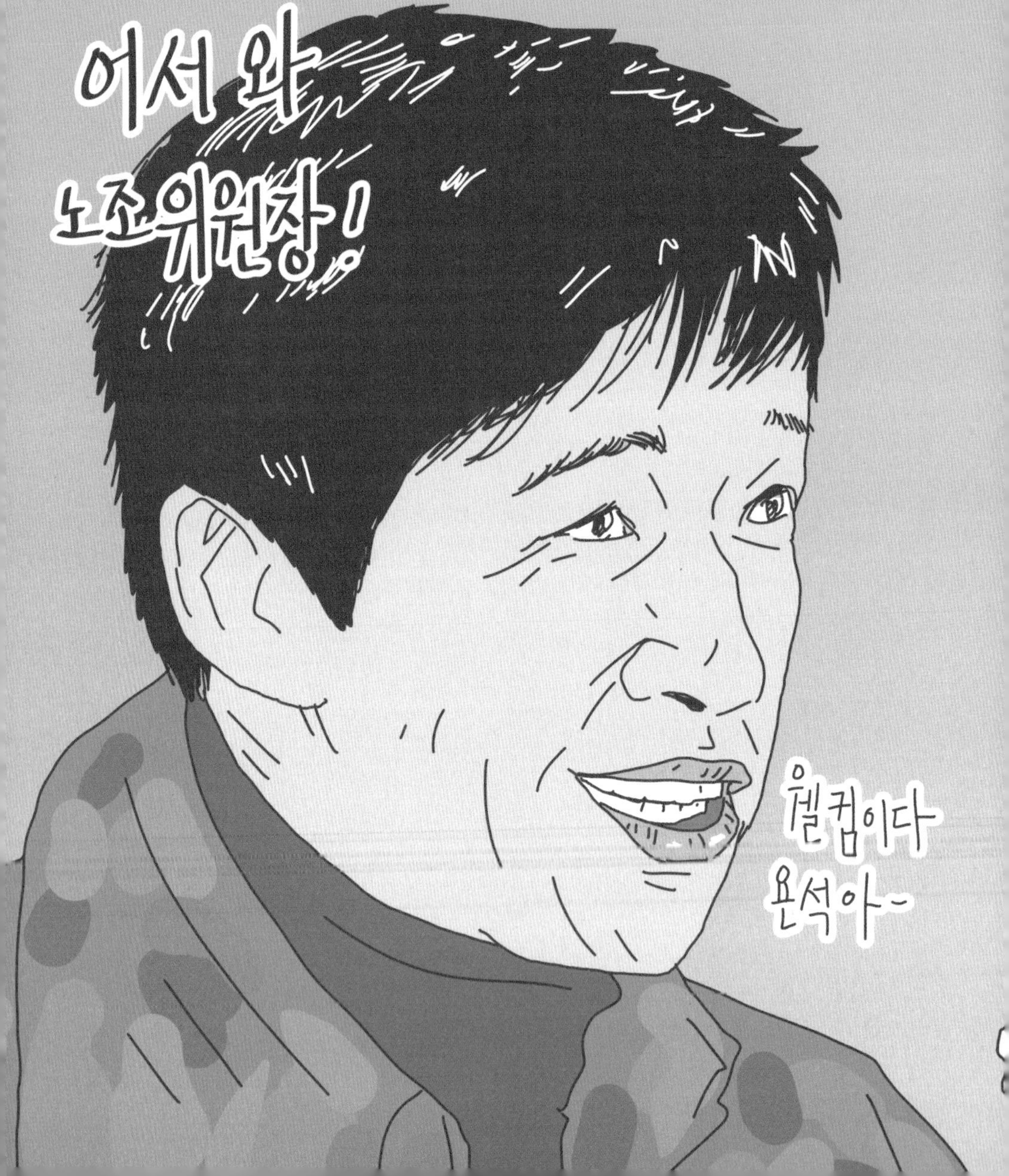
어서 와
노조위원장!
웰컴이다
용석아~

꿈에서라도 사장으로 살아봤으면

———

성룡   이제 정말 미련 없다! 쓰레기처럼 살면 쓰레기라 뭐라 그래, 제대로
            살아볼라면, 쓰레기가 제대로 살라 그런다고 뭐라 그래. 내 드러워서
            뜬다, 정말!

조용히 물을 마시고 돌아서는 성룡. 보면,
소파에서 불쌍하게 잠에 든 추부장. 이불을 확 차며 옹알대고…

성룡   그래도 고마웠어요. 머리 검은 짐승 거둬줘서…
추부장   (잠꼬대) **죄송합니다… 저희 잘못입니다… 다시 올리, 겠…**

성룡, 왠지 측은하고 가서 이불 덮어준다.

성룡   **에유~ 꿈에서라도 좀 사장으로 살아봐라…**

회사는 회사지 인생이 아니니까

―――――

하경   부장님!

성룡   왜요? 신짜로 뛰어내릴라구요?

오부장 이래야 내 자신에게도 떳떳하고, 저놈의 대기실 없앨 수 있고…

성룡   저딴 대기실이 뭐라고 이 추운데 부장님 목숨을 바쳐요? 그리고 사모
       님하고 애들 생각은 안 해요?

하경   맞아요, 부장님… 가족분들 생각하셔야죠.

오부장 **22년을… 이 회사를 위해, 가족을 위해 일했어요. 하지만 나
       한테 남은 건, 견딜 수 없는 치욕과 가족에 대한 미안함밖엔
       없네요…**

성룡   미안하면 안 뛰어내리면 되지!! 죽는다고 이 회사 높은 새끼들이 알아
       줄 것 같아요? 조화 하나 딸랑 보내고 끝이라고!!

오부장   이 회사, 나한텐 인생이나 다름없는데…
         내 삶이 무너진 기분이에요.

성룡   회사가 회사지 뭔 인생이에요? 그것도 이딴 엿 같은 회사!!

오부장   아니에요. 내가 잘못 살아온 거예요. 내가 마무리를 잘못한 거예요.

성룡   아이 신짜 이씨… 도대체 뭘 어떻게 잘못 살았는데, 뭘?!

오부장   그냥 다요… (눈물 맺히고)

성룡   부장님! 삥땅 쳐봤어요? 해먹어봤어요? 남의 눈탱이 치고, 남의 돈
         갖고 장난질 쳐봤냐고?

오부장   그런 일 한 적은 없네요.

성룡   근데 뭘 잘못 살아, 이 양반아! 잘만 살았구만!!

오부장   …

성룡   남의 돈 해먹고 아무 죄책감 안 느끼는… 그런 새끼들도 떵떵
         거리면서 잘살아요. 근데 부장님이 왜 요단강 건널라 그러는
         데?! 거기 올라가서 뒤져야 될 건, 바로 그런 새끼들이라고!!
         사진 보니까 딸내미 이쁘더만, 식장에 손잡고 들어가줘야 될 거 아니
         에요?! 텅 빈 아버지 자리 보면서 울게 만들게? 신부 화장 엉망 되게?

오부장   (흐느끼기 시작하고)

하경   (울컥하고) 과장님 말씀이 맞아요. 신부 웃으면서 들어오게 해주셔야죠.

오부장   (울고)

성룡   에이씨, 이놈에 엿 같은 회사만 몰라! 우리 오부장님 완전 제대로 살
         아온 거! 아. 우리도 이제 아는구나? (하경에게) 그죠?
         자, 내려오세요~ 형님!! 우리 멋진 형님!!!!

추부장   부장님~ 후배들도 다 인정해주잖아요. 이제 내려오세요.

성룡   아 손 시려워, 빨리요~! 막 오그라들잖아.

오부장, 천천히 손 내밀고… 성룡 팍- 잡고!
드디어 내려오는 오부장.
내려오며 바닥에 주저앉고, 성룡, 감싸안으며 안도의 한숨.
하경과 추부장, 시큐리티들도 안도의 한숨.
성룡 품에 안겨 엉엉 우는 오부장.

오부장   나… 정말 열심히 살았어요… 부끄럽지 않게 살았다구요…
         정말 최선을 다해 살았다구요…

왜 맨날 우리만 당해야 하는데

기옥   아버지…

남철   괜찮다니까 뭐하러 와?

하경   어쩌시다가…

남철   구치소로 가려고 경찰서 층계를 내려오다가, 하도 말도 안 되는 소리로 자극을 하길래… 저도 화가 나서 들이받았죠…

하경   뭐라고 그랬는데요?

남철   뭐 다들 하는 소리 있잖아. 우리들 몰아붙이는 말…

기옥   좀 참으시지 그랬어요.

남철   내가 다른 건 다 참아도… 억울한 건 못 참아. 열심히 살아온 우리들… 그런 식으로 누명 씌우는 거… 그건 정말 아니다. 왜 맨날 우리만 속고, 우리만 당해야 하는데…

내 자존감, 자존심, 자긍심은 어디로 갔을까

추부장   나도 후달려! 기러기 아빠가 짤리면 끝장이지. 근데 정말 왜 하려는 줄
       알아? 대표님이 시켜서? 나도 배 째고 안 하면 그만이야. 서이사한테
       별 그지 같은 얘기 안 들어도 되고! 근데 왜 하냐고? 진짜 폼나는 일 하
       는 거 같아서 그래. 상태, 이 일이 잘못되면 뭘 잃을 것 같냐?

상태   경리부… 어쩌면 이 직장, 월급, 4대 보험, 보너스요.

추부장   만약에 성공하면 뭘 얻을까?

상태   저요. 제 자신요. 4대 보험 얻는 대신 제 자신은 어디엔가 접
       어뒀었거든요. 자존감, 자존심, 자긍심 다요.

추부장   그래. 난 접어두다못해 꼬깃꼬깃 구겨서 처박아놔서, 어딨는
       지 찾지도 못해. 근데 나도 한때 있잖아, 여기 A4용지처럼 스
       치면 손끝 베일 만큼 날카롭고 빳빳하던 시절이 있었어. 근
       데 이게 어느 한순간 무뎌지고 구겨지더니 한 조각 한 조각
       떨어져나가더라구. 결혼할 때 한 번, 애 낳고 나서 아빠 되니까 또
       한 번, 집 사고 나서 또 한 번… 그리고 애 대학 갈 때쯤 돼서 이렇게
       들여다보니까… 이게 다 녹아서 없어졌더라구. 그러다 김과장 만난
       거야. 김과장처럼 미친놈 만나서 보니까, 이게 조금씩 찾아지고 있더
       라구… 이거 잘 끝내면 나도 얼추 찾아질 거 같아.

희진   저한테도 이번이 어쩜 처음이자 마지막 기회일지도 모르겠네요. 접어
       놓은 걸 펼칠 기회요…

추부장   그래 우리 있잖아… 구겨진 자존심, 폼나게 다림질 한번 해보자고!
       어?!

최저시급 6470원

———

명석   도대체 알바들은 얼마나 돈을 못 받았어요?

재준   총액은 다 다르겠지. 근데 요새 시급이 얼마냐?

상태   **일단 2017년도 기준, 최저시급 6470원입니다.**

재준   애걔, 고거밖에 안 올랐어? 나 한창 알바 뛸 때랑 별 차이 없네.

명석   그러니까… 한 시간 일하고 6500원 받는다구요?

재준   어.

명석   6500원이면 (벽 메뉴판 쪽 보고) 계란말이도 8000원인데…

        열 시간 일해도… 6만 5천 원?

희진   어.

명석   아니 그러니까 열 시간을 일하는데… 어이가 없네.

재준   **당연히 넌 어이가 없겠지. 근데 다 그렇게 살아, 우리 친구들.**

을 중의 을

———

성룡   서명하신 거예요?

점장1   해야죠, 우리 직원들 월급 주려면요…

성룡   그건 이해하지만… 조금만 더 버텨보시지 그랬어요.

점장2   버틸 때와 버티지 말아야 할 때를 가려야 모두가 고생을 덜 하죠.

점장3   저희 점장들 따로 기술 같은 거 없잖습니까? 이렇게 짤리고 나가면 갈 곳도 없습니다.

점장1   흔히 하는 말이지만… 우린 정말로 '을 중의 을'입니다!

근데 그 을이란 말… 저희 위치가 아니라 이젠 저희들 자체입니다. 이제는… 그게 더 편하죠.

성룡   그게 왜 자체예요? 살다보면 을 됐다 갑 됐다 하는 거지.

점장3   갑까지 바라지 않습니다.

그냥… 을에서 이탈하지만 않았음 좋겠네요.

성룡   그래도… 아니다 싶으면 한 번 정도는 싸워봐야지~!

점장2   우리들, 불의는 참아도 불이익은 못 참습니다. 저희 가족들을 위해서요.

가장 힘없는 사람들이
가장 힘없는 사람 편에서

———

유선   이번 일 지켜보면서… 뭐 느끼는 거 없니?

명석   어… 나대지 말자… 나서지 말자… 건방은 폭망의 지름길…

유선   그런 거 말고!

명석   (뻘쭘)

유선   가장 힘없는 사람들이… 가장 힘없는 사람 편에 서려 했다는
       거야… 자신들이 큰 상처를 입을지도 모르는데…

김과장,
최대 위기봉착!!

쿠근,

어차피 단 한 번도 내 편인 적 없었던 사장님

민지   나가라구요?

점장   생각을 해봐. 어떻게 널 여기 계속 두겠니? 내가 본사에서 받을 압박
        은 생각 안 해?

민지   본사에서 저 짜르래요?

점장   그러게 왜 괜한 짓을 하고…

민지   **알았어요, 나갈게요. 어차피 제 편인 적, 한 번도 없으셨으니
        까요.**

Part 6

이 세상의 갑들에게
대꾸하는
바람직한 을의 자세

부려먹어도 입 닥치고 가만있으라고?

———

보스   말이 나와서 얘긴데 뭔 시위를 그렇게 처하세요들?
      먹고살게 해주면 처고마운 줄 알아야지. 노가다 새끼들이!
성룡   노가다? 이 양반, 말씀 참 호박엿같이 하시네.
보스   어이구 노조위원장 곤조 부리는 거야?
성룡   **먹고살게 해주면 뭐,**
      아무리 부려먹어도 입 닥치고 가만있으라고?
      우리가 무슨 제주도 승마장 쪼랑말이야?
      웃기는 양반이네, 이 양반!
보스   양반, 양반 하지 좀 말지.
성룡   그럼 뭐 양반 말고 노비라 그럴까? 이 노비야?!

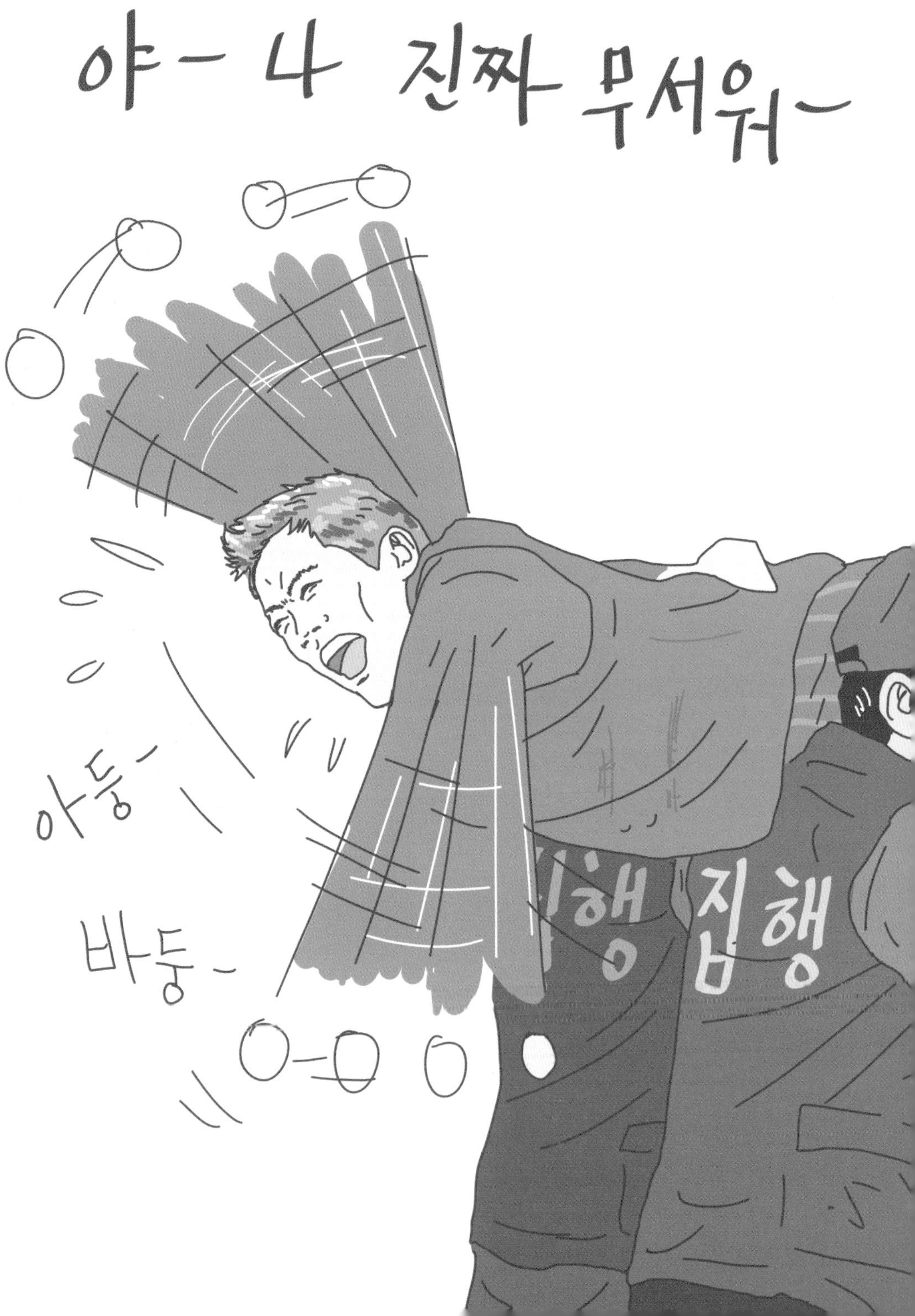
야~ 나 진짜 무서워~
아둥~
바둥~
집행
집행 집행

봐-이 shake 들아!

여기가 무슨 설날 가족 모임이냐?

———

강식   윤하경!!! 지금 어디서 버릇없이… 뭐? 어디 문제?

추부장   여기가 무슨 설날 가족 모임이에요? 버릇을 왜 따져?

강식   버릇 따져야죠. 경리부는 우리 하위 부서니까!!

하경   매번 하위 부서라고 하시는데, 회사 내규상 그런 근거는,

강식   입다물어!! 이런 식으로 없는 자존감 티내지 말고, 능력들이나 키우라

            고! 시키는 일도 제대로 못하면서…

추부장   저 자식 저거… 몇 대 까고 깽값 물어? 어후~

개기는 회사원이 되자

———

강식   인사들 좀 하고 다니자.

하경   못 봤는데요. 오시는 거.

강식   일들을 잘 못하면 시야 확보라도 잘해야지. 그것도 능력이다.

하경   그럼 몽골 사람들 뽑으시면 되겠네요.
            매의 눈을 가진 사람들로요.

강식   넌 맨날 나한테 그렇게 혼나면서도 개김의 끝이 없냐?

하경   부장님이 괜한 걸로 트집만 안 잡으시면 저도 개길 일 없는데요.

롤러코스터

———

나실장   아니… 김과장…

성룡   **왜요? 규칙에 어긋나는 거 있어요?**

추부장   아주 그냥 살림을 차렸네.

상태   완전히 버티기 들어가시는 것 같아요.

성룡   **간만에 롤러코스터나 타볼까?**

가방에서 VR 꺼내 핸드폰 조작한 후 넣고…

나실장   지금 뭐하는 거예요?

성룡   (VR 쓰고) 올라간다, 올라간다, 두두두두두
        내려간…다! 우워워워워워워워워~~~

실감나게 타는 성룡.
황당하게 지켜보는 사람들. 그리고 나실장.

성룡   우워워 (방향전환 좌로 확) 우워~!!

나실장   도…도대체 지지금 뭐…

성룡   우워~ 씨껍했네. 머리 박는 줄 알았어!

하경   계속 타게 내버려두죠.

추부장   넘 오래 타지 마, 토 나와!

나실상   (VR 확 벗기고)

성룡   (아프고) 아!! 귀 쓸렸어.

나실장   신성한 회사 내에서 이게 무슨,

성룡   왜요? 규칙에 어긋나는 거 하나도 없잖아요?

나실장   뭐요?

성룡   (주머니에서 꼬깃꼬깃 접은 준수규칙 펴서 보고) 자 보자고!

준수규칙에 반드시 대기실의 책상과 의자를 사용해야 한다는 거, 없잖아요? 그리고 생활에 필요한 비품을 둬선 안 된다!!! 어? 없네? 그런 규칙이 없네?

나실장   (황당) 허–

성룡   스마트폰을 이용한 게임, SNS, 인터넷 사용 금지? 이 VR영상은 게임이 아니라 내가 따운~받아온 동영상! 게임이 아니라 그냥 동영상! 규칙 다 지켰네 뭐. (VR 뺏어서 다시 쓰고) 에이 끝났잖아요~!

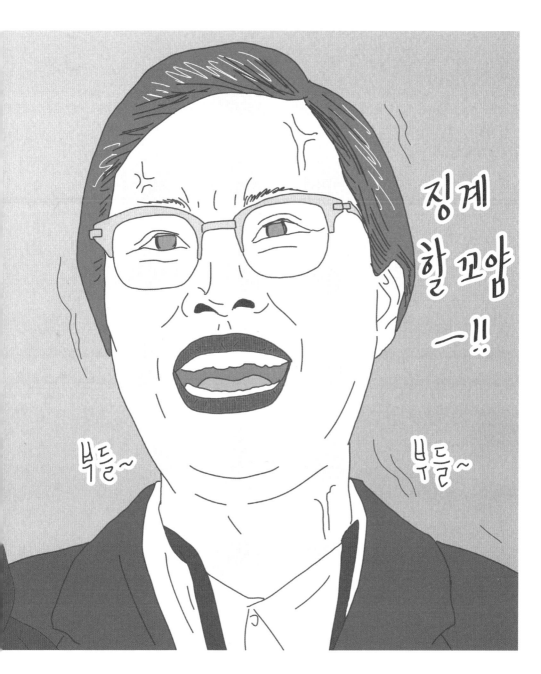

개김의 위엄을 보여주마

하경 　괜찮은 거죠?

성룡 　내 혈색을 봐봐. 이런 걸 소위 말년 병장의 낯빛이라고 하는 거예요.
　　　너무 편해~! 리모컨만 손에 있으면 딱-인데.

하경 　빨리 사무실 돌아오셔야죠.

성룡 　나, 요거만 마무리되면 회사 관둘 거예요.

하경 　예? 갑자기 왜 관둬요? 엊그제까진 절대 안 관둘 것처럼 그러시더니!

성룡 　원래 복수가 마무리되면 훌훌 털고 뜨는 법이죠. 영화처럼~!

하경 　복수요?

성룡 　나 억울하게 당한 거 윤대리도 잘 알잖아요!

하경 　알긴 알지만… 어떤 식으로 복수를 하게요?

성룡 　**말하자면 뭐랄까, 개김의 위엄을 보여준다고나 할까?**

하경 　예?

성룡 　**회사 높은 인간들, 누구 하나 개기는 사람이 없으니까 사람
　　　을 무슨 무료 아이템으로 알아요.
　　　있으면 그만, 없어도 그만!!**

결국 당신도 행복해지지 않을 것이다

———

하경   예!! 이사님으로부터 뭐 알아내려고 한 거 맞아요.

바람직하지 않은 일이란 것도 알구요. 죄송한 마음도 있었어요.

서율   깔끔한 인정과 미안함의 표현, 나쁘지 않네요.

하경   근데 요새 이사님 하시는 일들 보면서 죄송한 마음 사라졌어요.

택배 노조 억울하게 구속된 거, 우리 경리부 해체 계획 세우신 거…

이사님 작품이라고 들었습니다.

서율   (마음 쿵— 하고)

하경   **두 작품의 공통점은… 그 속에 단 한 명도 행복한 사람이 없다는 겁니다.**

그리고 결국 이사님도 행복해지지 않을 겁니다.

로펌 고앤구

장변호사   오길성 형사님이 누구십니까?

형사   예, 접니다!

장변호사   로펌 '고앤구'에서 나온 김성룡씨 변호인단입니다!

형사   예?

장변호사   지금부터 김성룡씨의 모든 진술은 저희를 통해 이루어집니다.

그전에, 검거 과정과 증거에 대한 합법성 여부부터 검토하겠습니다.

김성룡씨, 지금부터 저희가 모든 걸 케어하겠습니다.

성룡   **왜????????**

월요일 아침 같은 새끼

이때, 울리는 핸드폰 '먹보 소시오패스' 뜨고!

성룡   어째 오늘 그냥 넘어가나 했다!
            에이 월요일 아침 같은 새끼~!

개기름 보이스

추부장   웬일이야, 박과장?

승배   부장님 지시가 있어서요.

추부장   **오늘도 목소리에 기름 드럽게 많이 꼈구나. 뭐야, 지시가?**

승배   일찍 감사준비에 들어가서 말입니다, 그룹본부 전 부서별 지출 정리

           시작하랍니다. 일 단위로 보고하구요.

하경   아니 뭘 벌써 시작해요? 시간 많이 남았잖아요?

승배   상황에 따라 일찍 시작할 수도 있죠.

추부장   아이~ 이 자식! 솔직히 말해 너!

           우리 업무하는 거 방해할라 그러지? 회생안 만들 시간 없게?

승배   (당황) 예?

성룡   어유 유치해~ 어우 너무 민망해~!

           방해하려면 티 좀 안 나게 하지, 꼭 그거 같잖아?

           일일드라마 보면, 여주인공 괴롭히는 재벌 2세 악녀!

희진   (상황극, 악녀 흉내) 김상희씨!! 이거 저녁까지 기획안 올려요!!

상태   (상황극, 착한 여자) 예? 이걸 어떻게… 알겠습니다.

기옥   이때 남자주인공 들어오죠. "지금 무슨 짓이야, 희진씨!!"

성룡   그리고 빠밤~ 멈추면서 끝나잖아?!

승배   (당황) 아무튼 당장 업무들 시작하세요! (가고)

추부장   저, 저 개기름 보이스 새끼.

넌 가족한테 그러냐?

———

김대표   저희 임원들도 매우 마음 아파합니다.
              정말 가족 같은 직원들을 이렇게 만들어서요.

성룡   **가족 맞긴 맞는 것 같아요!**
            내가 통계에서 봤는데. 살인사건 범인의 상당 부분이 가족이
            래요, 가족!

머릿속에 우동사리만 가득찬 새끼

명석 내가 누군지 몰라?

성룡 누군지 아는 것과 비용을 처리하는 건 별개의 문제죠.

추부장 쟤 왜 저래? 무섭게…

성룡 법인카드 사용처 80%가 처리 불가 항목, 개인카드 사용내역들 역시 업무 관련도가 전혀 없습니다.

명석 당신 같은 말단이 임원들 지출을 어떻게 제대로 파악해?

성룡 그렇다고 한 달에 접대비를 945만 7520원씩 쓰는 건 말이 안 되죠. 그리고 무슨 업무를 호텔 스위트룸하고 클럽에서 봅니까?

명석 야!! 그 입 처-다물어라.

성룡 명품샵도 하루 걸러 가던데 명품 수집도 업무 관련입니까? 이것도 제가 말단이라서 파악을 못하는 건가요?

명석 처-다물라 그랬지?!!

성룡 근데요… 얻다 대고 자꾸 반말이야, 이 새끼야!!

추부장 기…김과장… 왜… 왜 그래?

명석 너… 너 지금 뭐라 그랬어?

성룡 얻다 대고 자꾸 반말이야, 이 새끼야!!… 라고 그랬다 이 새끼야!

명석 뭐…뭐…뭐야? 너…너 미쳤어?

성룡 **경리부가 호구야? 니 현금자동지급기냐고?**
아버지가 회장이면 개념을 지하주차장에 놓고 와도 돼?
이런~ 머릿속에 우동사리만 가득찬 새끼!

명석 우…우동… 이게 어디서 건방지게…

성룡	(잡아서 팔을 뒤로 꺾고)
명석	아~~~!
추부장	김과장!!!!!!!!!!!!!!!!!!
하경	아 왜 이래요?
명석	너… 가만 안 둬… 후회하게 만들 줄 알아!
성룡	왜? 아부지한테 이르게? 일러라, 일러 이 찌질한 새끼야! 내가 니 아버지면 쪽팔려서 못 다녀.

금수저도 똥색 된다

성룡   이 정돈 알아서 봐야지, 명색에 부본이란 사람이…

명석   내가 그걸 어떻게 알아요?

성룡   이 기록들 우리 회사 데이터베이스 뒤져봐도 나오고,
감사자료에도 다 나와 있는 거야.

명석   아 그래요? 나만 몰랐네.

성룡   뭘 너만 몰라~! 이 회사 사람들 다 아는구만.

명석   뭐 모를 수도 있지!

성룡   아유 진짜…
이런 거 좀 볼 줄 알고 그래야 나중에 코딱지만한 계열사라도
물려받을 거 아냐, 니 아버지한테!
미래를 좀 봐라, 미래를! 아우 답답해!
니가 금수저면 뭐해? 점점 금색이 똥색이 돼가는데!

명석   똥색까지 뭘…

우리가 건전지냐,
뭔 에너지 타령은

강식   근데 사람이 모여 있으면 에너지 같은 게 느껴져야 하는데
         경리부는 그런 게 없어요.

추부장   **우리가 건전지예요? 뭔 에너지 타령이야?**

주선   사람에게도 분명 에너지란 게 있는 거죠.

희진   넌 또 으른들 얘기하는데 왜 나서니?

주선   반말하지 말랬지, 대리한테?

희진   우리 부서 대리도 아닌데 뭔 상관이냐?

주선   윤리경영실에 가서 반성문 쓰고 싶어?

희진   (앞머리 휙- 바람 불어 띄우고) 찔러, 윤리경영실에 찔러.

         이 월요일 아침 같은 기집애야!

경리부   우워워~

주선   월요일 아침? 그래 찌를 거다. 이 비누곽 같은 기집애야~!

회계부   우워워~

희진   아 나 참, 비누곽이래. 지는 무슨 80년대 중후반 미용실 헤어모델 사
         진처럼 생겨가지고선!

경리부   우워워~

주선   허- 80년대 중후반…

         지는 무슨 아마존에 2주 갔다 온 피부를 해가지고선~!

희진   **아마존~? 입술은 꼭 '삐라루꾸'처럼 생긴 게!!**

주선   뭐…어'? 삐라루꾸?

어른들은 할말이 없다

민지 아~~ 되게 높으신 분이었구나?

어쩐지 재수도 최고 없으시더라.

서율 너 공손하게 얘기 안 해?

민지 뉘~ 뉘~ 공손히 해드릴게요!

서율 니가 아직 어려서 뭘 모르나본데.

민지 지겨워요 그 소리. 무슨 말을 하고 싶은 건데요?

서율 다 함께 싸워봤자 전부 다 다쳐. 그러니까 니 자신만 생각하라고.

민지 **아저씨나 그렇게 사세요.**

서율 아유 진짜 이게…

민지 **충고할 자격 없어요, 아저씬.**

여기… 내 입술 멍든 거, 왜 그런지 알아요?

알바비 못 받고 고시원비도 없어서 다른 알바를 같이 했어요.

거리.

전단지를 나눠주는 민지. 취객이 희롱하고, 성질이 나 밀치는 민지.

그러자 따귀 세차게 맞고 입가에 피가 흐르고…

떨어진 전단지 날아가고… 이 위로,

민지   **어딜 가든 가관이에요. 당신네 어른들요. 하는 짓이라곤 애**
                  들 돈이나 떼어먹고, 희롱하고, 때리고, 맨날 어설프게 충고
                  질이나 하고… 자기들도 그렇게 못 살았으면서…

                  결론은, 이 세상엔 진짜 어른보다, 나이만 처먹은 사람이 더 많구나…
                  난 그렇게 나이 먹으면 안 되겠구나… 그거죠.

서율   (가만히 듣고)

민지   딱 보니까, 아저씨도 예외 아니에요. 더 하면 더 했죠. 들어갈게요.

서율   (뭐라 말 못하고)

꼬잡꼬잡

하경   점장 때와 똑같이 작업 들어갈 텐데요.

성룡   들어가도 그때랑 좀 다를걸요?

하경   하긴 혈기들이 왕성해서 쉽게 굽히진 않을 거예요.

성룡   그거만 해도 엄청 큰 거예요.
       지난번 점장들이야 개인 사정들이 있으니 빨리 포기한 거구요.
       뭐라 그럴 수도 없고…

하경   그래서 이번 대책은요?

성룡   **꼬투리 잡는 새끼들 꼬투리 잡기!!**

하경   꼬투리 잡는 새끼들 꼬투리 잡기?

성룡   작전명 꼬잡꼬잡!

기

Part 7.

아주 오래된
직장인들

그러면 관둬야지 뭐

―――

성룡   잘 부탁드립니다. 미숙한 점 있으면 언제나 말씀해주시구요.

추부장   **미숙하면 관둬야지 뭐.**

성룡   아 근데 대TQ그룹 경리부 인원이 이것밖에 안 돼요?

            보통 중소규모 회사도 열댓 명이 넘는데…

추부장   (기분 나쁜 웃음) **그거야 회사마다 다른 거고.**

            힘들면 관둬야지 뭐.

이력서

성룡 　왜? 회사 옮길라고?

광숙 　옴마야~~ 인기척 좀 하시죠.

성룡 　인기척 꽉꽉 내면서 들어왔구만, 일할 때 그렇게 집중해봐라.

광숙 　에휴~ 제가 뭔 능력이 있다고 옮기겠어요. 그냥 재미로 본 거지.

성룡 　**재미로 보다가, 그날 밤 이력서를 쓰고 있는 자신을 발견하지.**

걱정을 터놓고 얘기할 수 없는 사람들

———

추부장   집에 무슨 일 있어?

기옥   …

추부장   얘기 안 하고 싶음 안 해도 돼. 뭐 내가 딱히 도움 되지도 않을 텐데…

기옥   아닙니다, 부장님.

추부장   **부장이랍시고 뭐 하나 떡하니 해결해주는 것도 없고… (한숨)
         서로 터놓고 걱정 얘기한 적이 없는 거 같다, 우리 부 모두 다.**

매일 울컥하는 사람들

―――

추부장   자작하지 마. (따라주고)

하경   근데 부장님, 신입 들어올 때마다 그 전지 브리핑 좀 안 하면 안 돼요?
이젠 애들 보기도 챙피하고…

추부장   해야지. 그래야 우리가 다 안 까지지.

하경   애들한텐 정확하게 철저하게 하라 그러면서… 정작 부장님이랑 저는
위에서 해달란 대로 다 하잖아요. 여기저기 구멍투성인 거…

추부장   **야, 나도 아침에 회사 나올 때 간이랑 쓸개랑 꺼내서 냉장고
에 넣어놓고 나와. 나도 매일 울컥하는데… 어쩌겠냐, 밥은
먹고 살아야지.**

하경   **전… 거의 한계에 온 거 같아요. 얼마나 버틸지 모르겠어요.**

추부장   조금만 참자. 조금만… 응?

하경   **아… 진짜 의미 있는 일 하고 싶다…
그게 정확히 뭔진 모르겠지만… 우리 모두를 위한 일요.
제 전부를 다 던지는 한이 있더라두요.**

청소반장님이 말하는
잘 풀리는 사람의 휴지통

슥슥 빗자루질을 하는 금심.
금심의 빗자루질에 다리를 마구 피하는 재준! 짜증나고.

재준 다른 부선 8시 전에 하시면서 우리 부는 왜 맨날 늦게 하세요?

금심 **빗사마!! 빗자루 잡은 사람 마음!!**
이주임은 로또 좀 그만해. 휴지통에 뭘 그리 찍는 종이가 많아.
여서 찍지 말고, 로또방 가서 찍으라고!

상태 여기 터가 좋으신가부죠.

금심 상태 사원 상태는 정서불안이야? 낙서가 왜 그렇게 많아, 휴지통에?
내용도 읽다가 오그라들어 죽는 줄 알았네. 뭐라 그랬더라?
**"오늘도 피곤한 일상 속에 또다른 나의 도플갱어를 강제 소
환한다?"**

상태 그걸 왜 외우고 그러세요?

금심 어이가 없어 외워지더라! 그리고 찬란한 얼굴 크기 원기옥씨!

기옥 예?

금심 비염 치료 좀 해. 콧물 휴지 치우기 드러워 죽겠어. 내가 성공한 사람
들 휴지통을 잘 아는데, 그 사람들 휴지통은 뭐 먹고 입 닦은 휴지밖
에 없어!! 왜냐? 생각 정확하고 기억력 좋아서 머리에 다~~ 넣어두
거든! 그리고 건강관리 잘하고 매사 깔~끔해요. 그런 관점에서 여러
분들은 전형적으로 인 풀리는 사람늘 휴지통이라니까! 힛, 저기 질 풀

리는 휴지통 주인 온다! 롱모닝!

성룡   엄모닝~ 뭐 또 내 얘기 했어요?

금심   좋은 얘기~! 뒷담화 아니야~! 김과장 휴지통 깔끔지수가 이 건물 내에서 탑 뜨리 안에 들어! 좀 배워들!

재준   **혈액형이나 별자리도 아니고, 휴지통으로 사람을 판별하고 그러세요?**

금심   **다년간 나의 경험이자 노하우지. 내가 나중에 논문 쓸 거야!**

희진   저는요?

재준   우리 빙양!! 우리 빙양은 다른 것보다 화장 좀 해. 꾸미라고!

희진   예?

금심   어째 여자 휴지통에 화장이랑 관련된 게 하나도 없어? 하다못해 립스틱이나 분칠 묻은 휴지도 없고! 근데 어우~ 화장 이전에 피부 관리부터 좀 받아야겠다. 2주간 정글에 갔다 온 거 같애.

희진   우리 엄반장님, 팩트 폭행 심하시네.

더 버텨야 하는 사람

추부장 정말 잘해낼 자신 있어?!

성룡 이미 반은 진단 끝났다니까요.

추부장 아주 MRI 나셨네. 이걸 믿어야 해, 말아야 해!

성룡 걱정 마세요. 제가 짱구 한번 신박하게 굴려볼게요!

추부장 **나, 적어도 앞으로 6~7년은 더 버텨야 해.**
하나 있는 딸내미, 대학은 끝내줘야 된다고.
자꾸 없는 일도 있게, 작은 일도 크게 만들지 말자고! 부탁이다!

성룡 걱정 마세요. 제가요 대학 졸업에다, 시집까지 가게 다 만들어드릴게!

그래도,
희망 있는 놈이니까

———

추부장   애저녁에 알았지… 나쁜 짓도 하고 그짓말도 하는 놈이라는 거…
　　　　 너 경찰에 잡혀간 것도 진짜 죄 지어서 잡혀간 거잖아.

성룡　　 그래요, 했어요! 나 나쁜 짓 엄청 많이 했어요!
　　　　 근데 왜 받아주고 살게 해주고 그랬냐고?

추부장   취해도 반말은 하지 말고 인마… 내가 왜 받아줬냐?
　　　　 적어도 우리들 등은 안 쳤잖아…
　　　　 **진~~~짜 나쁜 놈들은 곁에 있는 사람들도 등쳐먹고 이
　　　　 용하거덩…**
　　　　 그래도 지 주위 살피는 놈들은 희망 있는 거야…

성룡　　 (웃고)

추부장   아까 얘기 안 한 게 하나 있는데.
　　　　 그래도 고마웠다… 돌아와줘서…
　　　　 아이씨 이 말 한 거, 내일 아침에 기억나면 안 되는데…
　　　　 이불 발차기할 것 같은데…

Part 8

다 먹고살자고
하는 짓인데
작작들 해라

앵간히 좀
하시지~

삼각김밥과 의성마늘 소시지

————

하경　아 또~~

성룡　(역시나 누군지 기억나고) 아 나두 또~~~ 오랜만이에요.

하경　(잠시 혼잣말투) 아우 짜증나… 이거 내가 먼저 잡은 거 같은데요.

성룡　에헤이~ 감으로 알 수 있잖아요. 그쪽이 나중이라는 거. **그냥 솔직히 말해요. 전주비빔 삼각김밥을 좋아하니, 양보해주면 차암~ 고맙겠다!**

하경　쓸데없이 그런 말을 왜 해요, 그쪽한테?

성룡　아니 이게 뭐라고 다 큰 어른들이…

하경　어이없으면 놓든가요.

성룡　(꽉 잡고 입술로 삐죽 방향 표시) 요 옆에 참치삼각 드시면 안 돼요?

하경　참치 알러지가 있어서요. 그쪽이야말로 참치 드시죠.

성룡　나 참치에 트라우마 있어요. 예전에 참치회 언 거 먹다가 혀에 붙어서,

하경　말 같지도 않은 소릴. (주위 보고) 정말 이게 뭐라고 창피하게. (안 놓고)

성룡　창피하면 놔요.

하경　(한숨 쉬고) 그럼 퉁—치자구요! 지난번 내 사발면 망친 거랑.

성룡　퉁칠라면 그때 쳤어야죠.

하경　싫으세요? 민폐 끼치는 캐릭터 아니라면서요?

성룡　(잠시 생각, 삼각김밥에서 확 손 놓으며 분하게) 아이~~ 나 진짜!

하경　(차갑게 바라보며 확— 집고) !!

잠시 후, 삼각김밥을 다 먹고 물을 마시는 하경. 그러다 옆을 보면!
의성마늘 소시지를 와구와구 먹으며 하성을 노려보는 성룡.

성룡   맛있어요? 맛있겠지~ 맛있을 거야.
하경   근 3년 내에 먹은 삼각김밥 중에 제일 맛있네.
성룡   어우~ 아주 독창적인 싸가지를 가졌어. 신선해.

야근엔 훌륭한 서양문물

가은   과장님~!

성룡   어, 왔어요? 오늘 야근?

가은   예. (접시에 예쁜 케이크 한 피스와 포크 담아와) 드세요.

성룡   아니 이런 훌륭한 서양문물을!! 잘 먹을게요!

가은   예!

성룡   일하기 힘들죠? 정규직 대접도 안 해주고.

가은   아닙니다. 근데 과장님! 과장님은 왜 경리회계 쪽을 하시게 됐습니까?

성룡   먹고살라고 그런 거지 뭐.

가은   에이~ 그런 거 말고 뭔가 딱 서 계시는 게 있지 않습니까?

성룡   뭐 대단한 건 아닌데… 그게 이유예요.

숫자는 거짓말을 안 해서!
거짓말을 하는 건 숫자가 아니라 숫자를 다루는 사람이거든.
적어도 내가 거짓말을 안 하면, 회계경리만큼 깔끔한 일이
없어요. 근데 그러고 살고 싶은데… 가끔 그게 마음대로 안
되네…

법카와 개카 사이

추부장　먹고들 해~!

하경　요새 자주 쏘세요, 부장님. 거의 난사 수준이신데요?

추부장　회생안인지 뭔지 때문에… 정말 지갑에서 전라남도 곡성이 나요.

성룡　**이거 설마 개카? 법카 아니고?**

추부장　**완전 개카!**

성룡　**박수 한번 주세요!**

일동　(와~~ 박수)

성룡　하나 드시고 들어가세요.

추부장　싫어. 게임하다 이따 김과장이랑 같이 갈 거야.

성룡　아 왜요?

추부장　혼자 들어가기 무서워, 일들 봐. (자리로 가고)

하경　*정말 끈끈한 가족애가 느껴지네요!*

성룡　아우 끈끈하다못해서 막 엉겨. 어리굴젓 같아.

아침엔 뜨아 한잔

추부장   이야 우리 광숙씨~ 포텐 터졌구나 아주!

광숙   감사합니다. (커피 나눠주며) **모두 뜨아*입니다.**

하경   **예전에도 예뻤지만 지금 더 예쁘죠?**

성룡   진작에 그렇게 좀 하고 다니지.

광숙   진작 말을 좀 하시지.

성룡   우리 멍석이도 한 잔 줘~!

명석   저는 샷 하나 더 추가해야 입에 맞아서,

성룡   그냥 마셔.

명석   예.

• 뜨거운 아메리카노

직장인에겐 야근,
닭발엔 소주

———

명석   소주를 별로 안 좋아해서… (고개 빼보며) 여긴 싱글몰트 없나?

재준   일단 건배들 합시다! 건배~~~!

일동   건배~~!

명석   아우 알코올램프 마시는 거 같애…

기옥   그냥 눈 딱 감고 마셔!

희진   닭발도 드세요.

명석   **어우 씨, 어떻게 조류의 발을 먹지?**

희진   그냥 먹어~~!

명석   **어우 이상해… 근데 매일 야근이에요? 힘들어 죽겠네.**

사내연애의
재구성

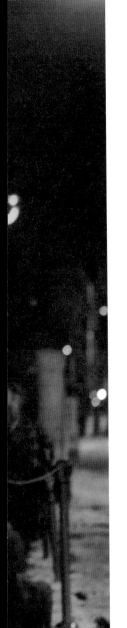

모른 척

———

서율	나만 바보 된 거네. 왜 알고 있으면서 모른 척해요?
하경	어색하잖아요. 누나시에님 옆에서 "이사님" 그리기기.
서율	**하면 어때서. 두더지가 뭐라 그러나?**

캐치볼

———

하경   이사님, 정말 궁금해서 그런데, 이사님처럼 대한민국 최고스펙 이사
         님은 연봉이 얼마예요? 스카우트 조건 뭐구요?

서율   쓸데없는 걸 물어보고…

하경   그게 제일 궁금하죠. 이사님은 샐러리맨이 도달할 수 있는 최고점인데!

서율	안 가르쳐줘요.
하경	그럼 혹시 연봉 외에 다른 조건도 있어요? 지분이나 뭐 그런 거요?
서율	아 그만하고… 앞으로 회사에서 나보면, 쌩까고 그러지 마요.
하경	예, 알겠습니다.
서율	우리 다음에 (상추 집어쥐고 캐치볼 시늉) 캐치볼, 캐치볼하자구요.
하경	캐치볼 좋습니다! 근데 제 공 받으실 수 있겠어요?
서율	얼마든지~!! 다 받을 거야!! 다…! (앞으로 푹 고꾸라지고)

누가 뺏어먹을까봐

하경   천천히 드세요.

서율   평소 2분의 1 속도로 먹는 건데?

하경   더 늦게 드셔도 될 것 같은데.

서율   그럼 또 리듬 끊겨서 안 돼요.

     왜 안 먹고 보고만 있어요?

하경   그렇게 빨리 드시는 이유가 뭐예요?

서율   (웃으며 농담조로) **누가 뺏어먹을까봐.** (먹고)

하경, 이 말에… 서율의 숨겨진 감정이 느껴지고…

하경, 자기 앞에 있던 음식을 서율 앞에 놓아준다.

하경   이것도 다 드세요.

첫 데이트, 그들의 속마음

상태   역시 광숙씨는 뽀글이 머리가 최곤데⋯ 윤대리님 같다⋯
광숙   명석이 새끼 스타일 싫은데⋯ 범생이 새끼 스타일이 좋은데⋯

나 때문에 울어주는 사람

하경 경찰엔 제대로 말한 거예요?

성룡 그냥 뭐 대강.

하경 왜 대강 말해요?

성룡 뭐라 그래요? 회장이 나 미워서 죽일라 그랬다? 이거 듣고 경찰들이 "어유 그러십니까?" 수사할 것 같아요? 하는 척하다가 다르게 결론 내겠죠. 내 금품을 노린 강도거나, 다른 원한 관계나…

하경 그럼 과장님이 혼자 수사하시게요? 그게 더 힘들잖아요!

성룡 수사할 게 뭐 있어요? 난 범인을 아는데.

하경 (눈물 그렁해) 그러다 또 일 당하면요? 잘못되면 어떡하려구요?

성룡 안 당하게 조심하면 되지 뭐.

하경 (너무 겁나고 불안하고, 눈물 살짝 나오고)

성룡 (손수건으로 눈물 닦아주고) 뭘 또 울고 그래… 걱정 말아요.

하경 **어떻게 걱정을 안 해요? 답답하다 김성룡…**

성룡 **20년 만에 처음이다**… 나 때문에 울어주는 사람…

하경 20년 전에는 누구요?

성룡 우리 아버지.

진짜 승부사

서윤 일부러 져줬죠?

하경 아니요, 전력을 다해 한 건데요.

서윤 누굴 바보로 아나. 왜 져주고 그래요?

하경 이사님은 이기는 걸 좋아하고, 저는 기분좋게 져주는 걸 좋아하고…
서로 좋잖아요?

서윤 이런 식으로 이기는 건 싫죠.

하경 그래도 재밌었잖아요? 시간 가는 줄 모르고!
제가 봐도 이사님은 정말 멋진 승부사예요. 진심으로요.
그런데… 모든 승부를 이길 필욘 없잖아요.
져줘서 더 즐겁고, 좋은 경우가 있다면 말이에요.
모든 걸 이기는 게 승부산 아닌 것 같아요.
이길 가치가 있는 것만 이기는 사람이 진짜 승부사 아닌가요?

서윤 난 죽을 때까지 친해지고 싶지 않은 게 있어요. 지는 거요…
이것만은 친해지기 싫어요.

하경 저도 이사님이랑 친해지기 싫었어요. 미워서가 아니라 두려워서요.
처음엔 두려웠는데, 막상 몇 번 뵙고 나니까 두려움이 가셨어요.
당장 그렇게 친한 건 아니지만, 앞으로 더 친해질 것 같아요.

Part 10

김과장은
죽지 않는다,
다만
괴롭힐 뿐이다

엄마의 깍두기 국물이 내리는 밤

하경　괜찮아요?

성룡　에이 그럼요. 근데, 머리가 왜 이렇게 후끈하지. 어후~

하는데, 머리에서 이마를 타고 폭포처럼 흐르는 피.
경악하며 바라보는 하경과 수진.

성룡　**왜요? 이마에 무슨 깍두기 국물이 흐르…** (이마 만져 피 확인하고
　　　실성한 듯 웃으며) 에이 증말… (자리에 푹 쓰러지고)

男노인　의인義人이다!!!!!!!

'장애인 전용 전동스쿠터'를 타고 가던 男노인 한 분의 외침!!
성룡 주위로 사람들 모여들고…

아낙　(피켓을 들고 '예수천국, 불신지옥' 중이던 아줌마의 외침) 의인이다!!

군인들　(휴가를 나온 해병대 복장 두 청년의 외침) 의인이다!!

못된 짓에 분노하는 사람

———

광숙   소송취하가 1번 목적이었어요? 아님 장부가 1번 목적이었어요?

성룡   그게… 어… 소송취하!

광숙   예? 그것 참~ 이상하네.

성룡   그치? 나한테 돌아오는 거 없으면, 남의 일 절대 안 봐주잖아?

광숙   그럼요. 과장님이 얼마나 독사 같은 분인데요.

성룡   그럼. 장미동 코브라!!

광숙   그럼 혹시…

스피커폰을 켜놓고 한참 요가중인 광숙.

광숙   과장님 정말… 의인이 돼가는 게 아닐까요?

성룡   무슨 말도 안 되는 소릴!!

광숙   일련의 상황들이 그렇잖아요? 사람들 다 혼내주고, 막 까버리고!

성룡   그거야 못된 짓들을 하니까 그런 거고.

광숙   **못된 짓에 분노하는 게 의인이에요.** (요가하다 아프고) 아~ 도가니!

성룡   에이~~ 아니야. 의인이라니, 누구 신세를 망칠라고!

광숙   과장님, 한번 잘 느껴보세요. 갑자기 가면을 쓰고 싶다든가, 망토를
       하고 싶다든가, 아님 쫄바지 위에 팬티를 덧입고 싶다든가…

앞길, 제대로 막아드릴게

서율   너 이씨… 죽고 싶냐, 진짜?

성룡   저 명 길어요. 손금 보세요! 일자로 딱!!

서율   김성룡!!!!!!!!

성룡   **이사님, 나 새로운 목표가 생겼어요!**
        이사님 망하게 하는 거요.

서율   뭐?

성룡   제가요… 이사님 앞길, 제대로 막아드릴게요!

서율   내 앞길을 어떻게 막을 건데? 치질 환자 만들어서?

성룡   그걸 지금 벌써 가르쳐주면 어떡해요? 스포일러지.

서율   길막하는 건 좋은데, 확실하게 막아야 돼.
        어설프게 막으면 넌 바닥에 눌어붙는 거야. 길과 하나가 돼서.

성룡   안 눌어붙게 열심히 하겠습니다.

서율   **그래. 오붓하게 죽어보자, 서로.**

성룡   오늘만 특별히 앞길 열어드리겠습니다.

서율   아이구 고맙네.

성룡   생각보다 대인밴데? 한 대 후려칠 줄 알았구만. 워~

서율   (걸어가며 어이없다는 듯이 웃고) 소소하게 재미있겠네, 이거.

엿 드세엿

성룡 　오늘 다과엔 엿이 있네요, 한과랑 같이! 어디 엿이지?
**　　　 이사님부터 엿 좀 드시죠?**
서율 　김성룡…
성룡 　저기 구조조정 인원감축 완료 보고, 무효로 해주세요!
조상무 제발 조용히 좀 넘어갈 수 없나. 항상 이 난리를…
성룡 　그러니까요. 저도 이제 힘들어요.

다구리에 장사 없다

―――

하경　이런 일 있고 나면 정말 뭐가 변하긴 변할까요?

성룡　변하긴 뭘 변해요. 좀 지나면 똑같아지지.

하경　그렇다고 생각하니까 힘 빠지네요 또.

성룡　**그래서 한 번으로 끝나면 안 돼요.**
　　　야물딱지게 계속 터뜨려줘야 된다고!
　　　그래야 변하지.
　　　그래서 어둠의 세계에 명언이 있잖아요.
　　　다구리에 장사 없다고.

죽이는 사람들

성룡 나 매달려던 새끼, 누구… 아니아니 누가 시킨 거예요?

서율 …

성룡 누가 시킨 거냐고?

서율 알면 어떡할 건데? 찾아가서 똑같이 해주게?!

성룡 당연히 똑같이 해줘야지! 죽여놔야지!!

서율 정신 똑바로 차려!!! 넌 아무것도 못해!
      지금까지 살아 있었던 걸 고맙게 생각하라고!!

성룡 뭘 고맙게 생각해? 내가 뭘 잘못했는데?!!

서율 니가 이 회사 와서 한 짓을 생각해봐!! 죽어도 벌써 죽었어, 너!!

성룡 당신네들 양아치 짓 좀 까발리고, 회장 전국적으로 쪽팔리게 한 게 그
      렇게 죽을 만한 짓이야?

서율 **그건 죽는 사람이 아니라 죽이는 사람들이 판단하는 거야!!**

성룡 아유~~ 진짜 씨! 사람 목숨이 그렇게들 쉬워?

서율 **이게 진짜 세상이야!! 너 같은 새끼들 쥐도 새도 모르게 죽이
      는 거!! 제발 니 주제 좀 알고 살라고!!**

성룡   난 계속 이렇게 살 거야. 이렇게 생겨먹은 걸 어떡하라고?

서율   그럼 니 맘대로 계속 살아! 앞으로 니 목숨 니가 챙기고!

성룡   나 왜 살려줬어? 그냥 내비두지. 응? 나도 당신 눈에 가시잖아!!

서율   …

성룡   왜 살려줬냐고?

서율   불쌍해서 살려줬다 이 새끼야!!

성룡   내가 왜 불쌍한데?

서율   가진 거 개뿔 없는 새끼가 객사는 면해야지!

        그리고 니가 살아 있어야 내가 잘근잘근 밟아줄 거 아니야.

성룡   (어이없고) 덕분에 객사 면하고, 밟을 꺼리나 돼드려야겠네.

서율   내일 당장 회사 떠. 아니 서울을 떠!

성룡   내가 왜 뜨는데? 나 죽일라는 놈 잡아서 찾아가서,

서율   꼴통 짓 하려면 딴 데 가서 하고 살아.

겁이 난다

성룡   형님, 나 오늘 죽다 살았어.

추부장   왜 또? 윤대리한테 시비 걸었냐?

성룡   아니 진짜로. 납치돼서 목 매달릴 뻔했어요.

       (목에 끈 자국 보여주고) 내 목을 팽이 줄 감듯이 요래요래 감아서!

추부장   야… 봐봐… (졸린 자국 보고 놀라고) 이게 뭐야…

       이거 진짜… 누가, 누가 이랬어?

성룡   그건 나도 모르죠. 전기충격으로 기절시키고 뎃구 가서 목을 그냥!

추부장   어떤 쌍노무 새끼가… 그래… 회사 윗대가리 새끼들밖에 없지.

       너 회장 쪽팔리게 한 거에 앙심 품고…

성룡   사실 제 생각도 그래요.

추부장   (성룡의 팔과 등 마구 때리며 격노) 그렇게 적당히 좀 하랬잖아, 이과장

       처럼 된다고!!!! 내가 괜히 그런 줄 알아?!!!

성룡   (맞으며) **아~ 아파… 설마 이렇게까지 할 줄 몰랐지!**

추부장   (울먹이고) **그걸 왜 몰라?!!**

       사람 목숨 하찮게 아는 돈벌레 새끼들이잖아.

       이미 우리 다~~~ 알고 있었잖아!!!

성룡   아 몰라. 확– 다 밀어버릴 거야!

추부장   겁 없이 달려드는 것도 병이야. 그거 용기 아니라고, 이 바보 새끼야!!

성룡   **누가 겁이 없대, 누가?!!**

추부장   (보고)

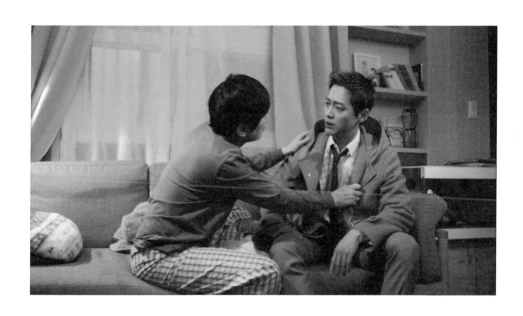

성룡   아까 얼마나 후달렸는 줄 알어?

        (울며) 뒤에서 줄로 목을 조르는데… 아무것도 못하겠는 거야.

        정신은 희미해지고… 형님하고 윤대리, 경리부 동생들, 광숙이…

        다 얼굴만 생각나고… 이제 못 보는구나…

추부장   (울고)

성룡   죽는 게 그런 거구나. 진짜 다 이별이구나… 얼마나 겁났는데… (울고)

추부장   에휴 이 새끼 증말… (성룡 안아주고)

성룡   진짜 얼마나 겁났는데… (엉엉 울고)

추부장   (같이 울고)

죽음인증서

죽음   인증서

나는 TQ그룹 경리과장으로 근무하고 있는 김 성룡 이다.
이 인증서는 만약을 대비한 나의 "죽음 인증서" 이다.
나는 정의를 실현하다가 위험에 노출되었고, 죽음의 문턱까지 다녀왔다.
하여 이 글을 남긴다.

난 똥밭에 굴러도 이승이 좋은 사람으로, 무슨 일이 있어도 자살하지
않을 것이다. 행여나 내가 자살한 처럼, 혹은 불의의 사고를 당해
죽게 된다면 확실하고 명백한 수사를 바란다.
날 죽이려는 사람이 있다. 힌트는 D.O!! D to the O
나는 건강히 살다 자연사 할 것이다. 똥으로 벽화를 그릴때 까지
좋은 영양소와 음식을 골고루 섭취하며 만수 무강 할 것이다.
장수하여 구순기념으로 크루즈 여행을 갈 것이다.
내가 갑자기 죽게 된다면 절대 화장하지 말고 부검을 해주길
바란다. 나는 복용하는 약물이 없다. 우울증도 없다.
이 인증서는 측근들과 공유할 것이며 국가 인증기관에 의뢰해
공증을 받을 것이다.

                                           2017년 3월 15일

                              김 성룡 김성룡

개뻥

하경 (SD 들어 보이며) 이은석 과장님께서 남기신 자룝니다! 작년에 분식회계로 감사가 이루어졌다는 것을 증명하는… (하다 성격 나오고) 그냥 편하게 얘기할게요! **작년 회계가 개뻥이라는 증거예요!**

성룡 개뻥?!!!!!!

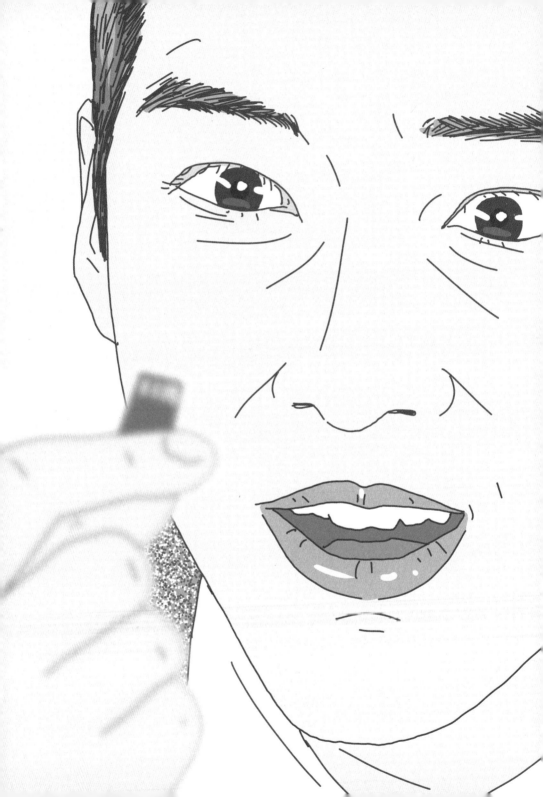

분수껏 살라고

최부장 빽도 없고 줄도 없고 실력만 있는 검사들이 가끔 너 같은 길을 택하지.
다른 곳에서 아는 척 떵떵거리며 왕노릇하고 싶어서!
그래봤자 돈 많은 법꾸라지 정도 되는 건데 말이야.

서율 (노려보고)

최부장 근데 그때뿐이야. 검찰에서나 거기나 더이상 올라갈 곳도 없어.
너 같은 것들 제아무리 애써봤자 장기판 안에 졸이라고, 졸!

서율 …

최부장 자신을 보세요. 이게 이사님 현실이에요. 겸허히 받아들입니다.

서율 (분노에 떨고)

최부장 **형 치르고 나오면 분수껏 살길 바랍니다. 함부로 기어오르지
말고!**

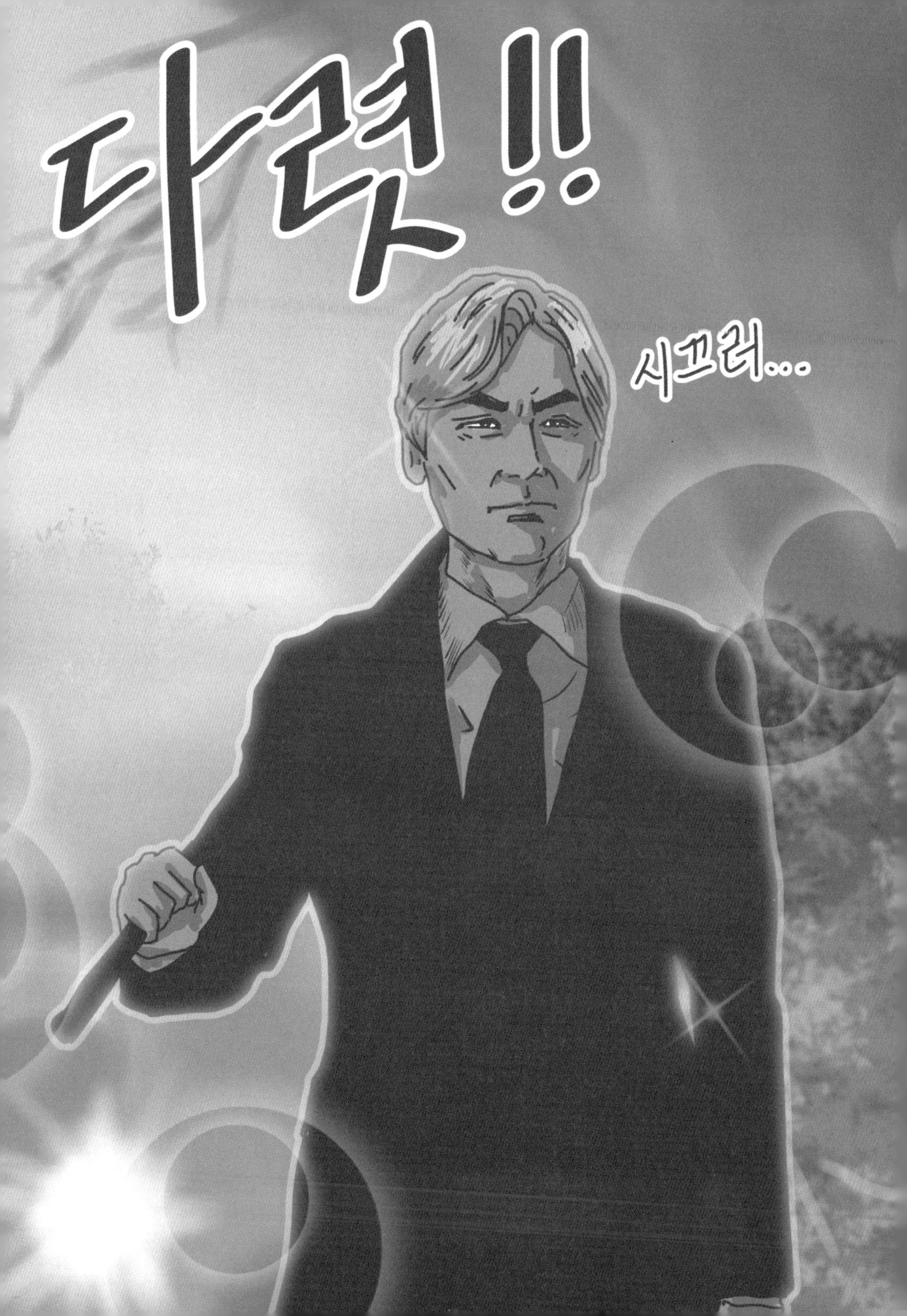
다섯!!
시끄러...

자기 자신에게 기회를 준다는 것

―――――

성룡   자기 자신한테 기회를 한번 준다고 생각해요.

서율   무슨 기회?

성룡   **이 모든 걸 되돌릴 수 있는 기회…**
       이사님도 이번 기회에 인생의 방향을 한번 바꿔보는 건 어때요.

서율   방향을 바꾸기엔 너무 멀리 걸어왔어.

성룡   **그럼 돌아가면 되지, 왜요?**
       가고는 싶은데 두려워서 그렇지?

가보자

___

서율	한번 가보자.
성룡	어디 가 이 밤중에?
서율	박현도 회장 엿맥이러 가보자고.
성룡	(반색) 오 그럼 내 설계 받아들이는 거예요?
서율	(픽– 웃고) 아나 티똘이 새끼.
성룡	가봅시다, 서이사님!
서율	가보자!

정의와 신념에 대하여

박회장   하나만 묻자. 도대체 뭘 위해 이렇게 애를 쓰는 건가?

성룡/서율   …

박회장   이게 정의고, 이게 세상의 원칙이라서?

집사람과 너희들 정의심 때문에 한 기업은 도산할 거고, 수많은 직원은 회사를 잃게 될 것이고, 관련된 수많은 하청업체들도 파산하게 될 거야!

성룡/서율   …

박회장   **니들처럼 어설프게 신념을 좇는 인간들이 세상을 망치는 거야.**

성룡   회장님처럼 욕심을 신념으로 생각하는 사람들이 더 세상을 망치는데요.

서율   **그나마 어설프게 신념을 좇는 사람들 덕분에 세상 돌아가는 겁니다.**

죄가
한 둘이
아니군요-!

죄부자-

체 포 영 장

검사   한 동 훈

수신: 서울중앙지방법원
제목: 체포영장 청구

박 ㅇㅇ
(만 65세)
무직

불법 비자금조성 조세포탈 살인 교사 및 한금 폭행 늘 같은 자에게 소리 침
직권 남용 로유상 비밀 ㅅ설 국정농단 ....

위의 피의사:

2017년 3월 10일

서울시 강남구 삼성동

일시
장소

범죄의 경대성

offee & Beverage MINI CAFE

293

<김과장> 우리 다같이 만들었어요!

연출	이재훈 최윤석		촬영팀	장윤석 조대현 김수빈 이원석
극본	박재범			박정현 유택근
			데이터매니저	[BASE] 배효준 민주홍
출연배우	남궁민 남상미 이준호 정혜성			고동균 정혜정 김문경
	박영규 이일화 김원해		조명1st	김정수 김도빈
	서정연 황영희 정석용 김민상		조명팀	최희성 박영만 문성관
	김강현 조현식 류혜린			어성우 한근진
	김선호 김재화 정문성 동하		발전차	권혁 이락영
	임화영 박주형 심영은			
			동시녹음팀	도영훈 박종선 이준무 최경일
책임프로듀서	김성근		장비	[D&D] 노용환 김성진
프로듀서	이은진 최준호			이동윤 박언효 한정훈
제작	이장수 최태영		무술감독	[몽돌액션] 홍상석 박진수
제작총괄	임병훈		무술지도	[몽돌액션] 옹시맥
제작프로듀서	조군원			
촬영감독	위창석 김필승		미술제작	KBS아트비전
조명감독	이중길 이춘길		미술총괄	정홍극
미술감독	전여경 진보미		장식총괄	최근남
편집	김미경 이민경		인테리어디자인	박현진 유연주
음악감독	이필호		소품진행	최종길 안지환
동시녹음	배지록 양준호		소품제작	정진호
			미술용품협찬	김지현
라인프로듀서	이경수		미술행정	양두천 정찬영
제작팀	이채영		세트제작	(주)아트인
마케팅총괄	이희영		세트총괄	송종태
마케팅프로듀서	이소윤		세트제작	남궁웅태 김승리
제작행정	이정은 조효진		세트장치	이상도 박성철 이상군
			세트장식	김한 김윤종
책임촬영감독	변춘호		세트작화	김준겸 김태현
서브카메라	김광수 구자훈 배진열		세트행정	홍성훈
			대도구진행	박옥철
촬영1st	박범수 손태기		특수효과	[SSM] 송석문 김진호
	포커스 플로워 윤태훈 김정호			이개경 고기환

의상팀	최주한 최영인
의상디자인	손양아
분장	[JM] 박진아 김다애 유영선
미용	[JM] 최용현 이지은
KBS홍보	이병기 김규량
KBS행정	설현숙 조연재
SNS 홍보	신봉승
외주홍보	[3HW] 이현 이현주 김민아
온라인홍보/부가사업	[KBS미디어]
웹디자인	정보원
웹운영	이아란
웹퍼블리싱	송민아
라이선스/출판사업총괄	정동섭 이세영
라이선스사업	임상호 조연희 김하림
출판사업	신지선
포스터디자인	[퍼니피디(주)]
	윤정학 장광영 이은선
포스터사진	정진환
캘리그래피	장광영
현장스틸	박명희
현장메이킹	변준호 변준석
편집어시스턴트	한이슬 권효진

제작편집 감독	김충렬
사운드 마스터링	황현식
제작편집 C.G	나유선
음악효과	최인희
사운드디자인	서홍식
음향효과	박종천 배윤영 임소연
OST 제작	[더 그루브] 황동섭 이성균
타이틀디자인	박상권 우정연

특수영상	[실버스푼] 주현수 조용상
	김한기 이근도 김서진
	김현규 김민준 윤지원
일러스트	양경수
일러스트 프로듀서	류경선
컬러리스트	기현정
의학자문	순천향의과대학
회계자문	김현호
거북이협조	제이렙타일
헬리캠	[크레이지 캠] 배서호 차준환

보조출연	[하늘예술] 이경락 서영준
캐스팅	[CW컴퍼니] 김추석 김우종
캐스팅 지원	[(주)C.H.B] 신재연 박선옥
아역캐스팅	[키아나엔터테인먼트]
	라선화 김동희
스태프버스	[매일관광] 문수남
연출봉고	[미디어월드] 김태훈 송수환
카메라 봉고	[미디어월드] 이정기 김진호
렉카	[월드렉카] 정원종
소품차량	[네오액션-액션카]
	고기석 장세진 김태수
대본인쇄	[슈퍼북] 민경옥 김병기
보조작가	안새봄
리서처	김상은
섭외	김혜림 오정현
SCR	김은미 최유진
FD	임준혁 김현희 김을중
	김재영 한창범
조연출	이승훈 최동숙

분위기
애매하면
다시
돌아온다!
훗!

김과장 직장백서
ⓒ KBS, 양경수 2017

초판 인쇄 2017년 4월 6일
초판 발행 2017년 4월 13일

지은이 KBS 〈김과장〉 제작팀
펴낸이 염현숙
기획·책임편집 이연실 | 편집 고지안
디자인 최윤미 | 마케팅 정민호 박보람 이동엽
홍보 김희숙 김상만 이천희
제작 강신은 김동욱 임현식 | 제작처 한영문화사

펴낸곳 (주)문학동네
출판등록 1993년 10월 22일 제406-2003-000045호
임프린트 아우름
주소 10881 경기도 파주시 회동길 210
전자우편 editor@munhak.com | 대표전화 031) 955-8888 | 팩스 031) 955-8855
문의전화 031) 955-3576(마케팅) 031) 955-2651(편집)
문학동네카페 http://cafe.naver.com/mhdn | 트위터 @munhakdongne

ISBN 978-89-546-4509-6 03810

www.munhak.com